倉田良成

Kurata Yoshinari

ささくれた心の滋養に、絵・音・言葉をほんの一滴

倉田良成芸術論集

笠間書院

彼岸の日、みごとな花を見た。
地は漆黒に近い濃褐色、いやほとんど闇だ。（本書・四十八頁）

和田　彰

「花々の過失」

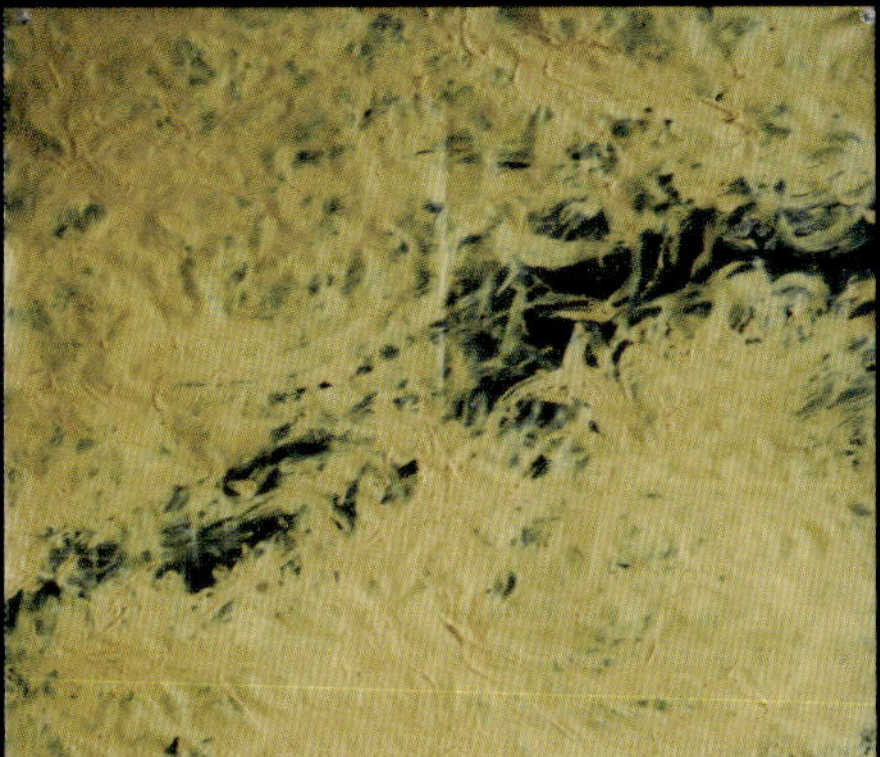

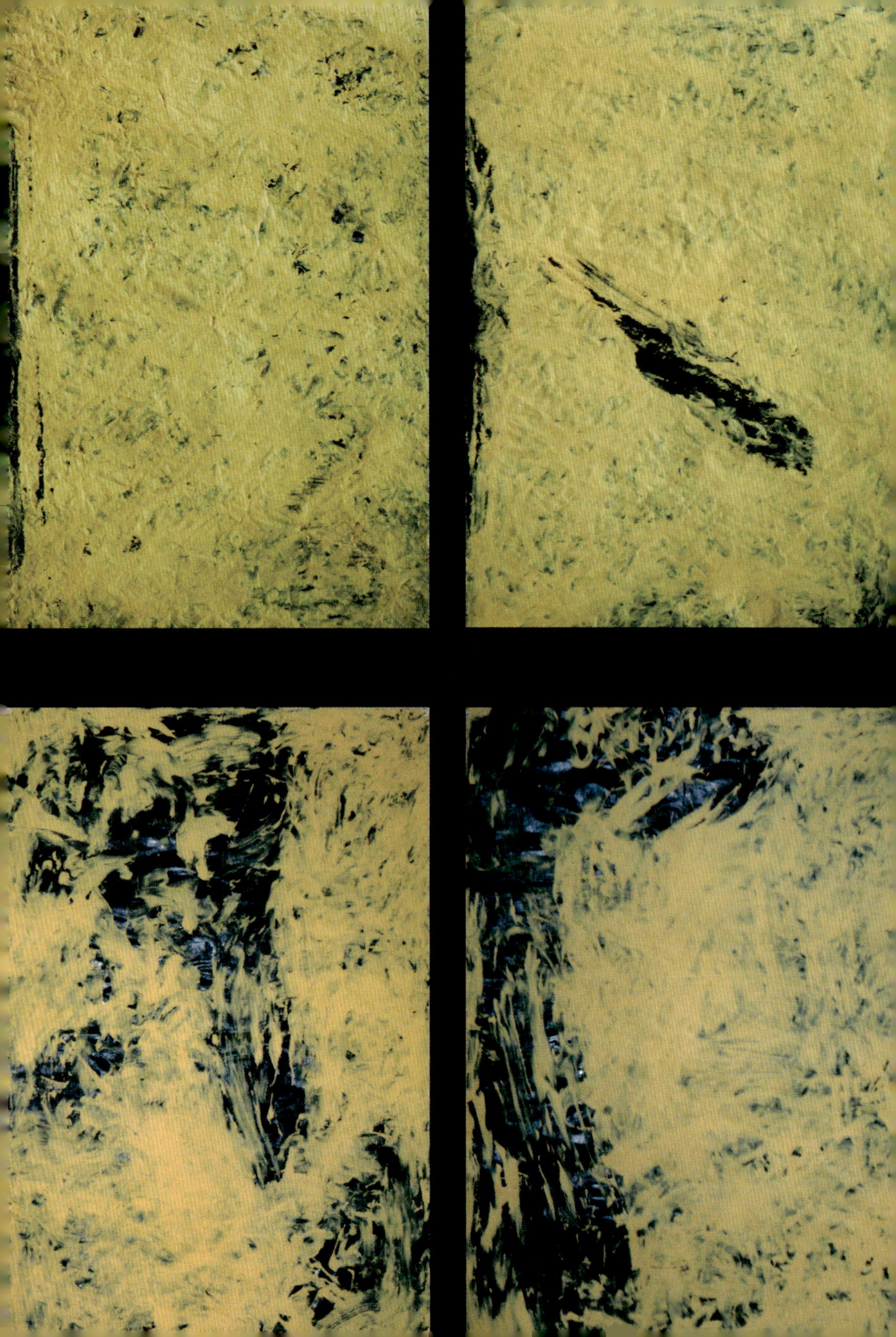

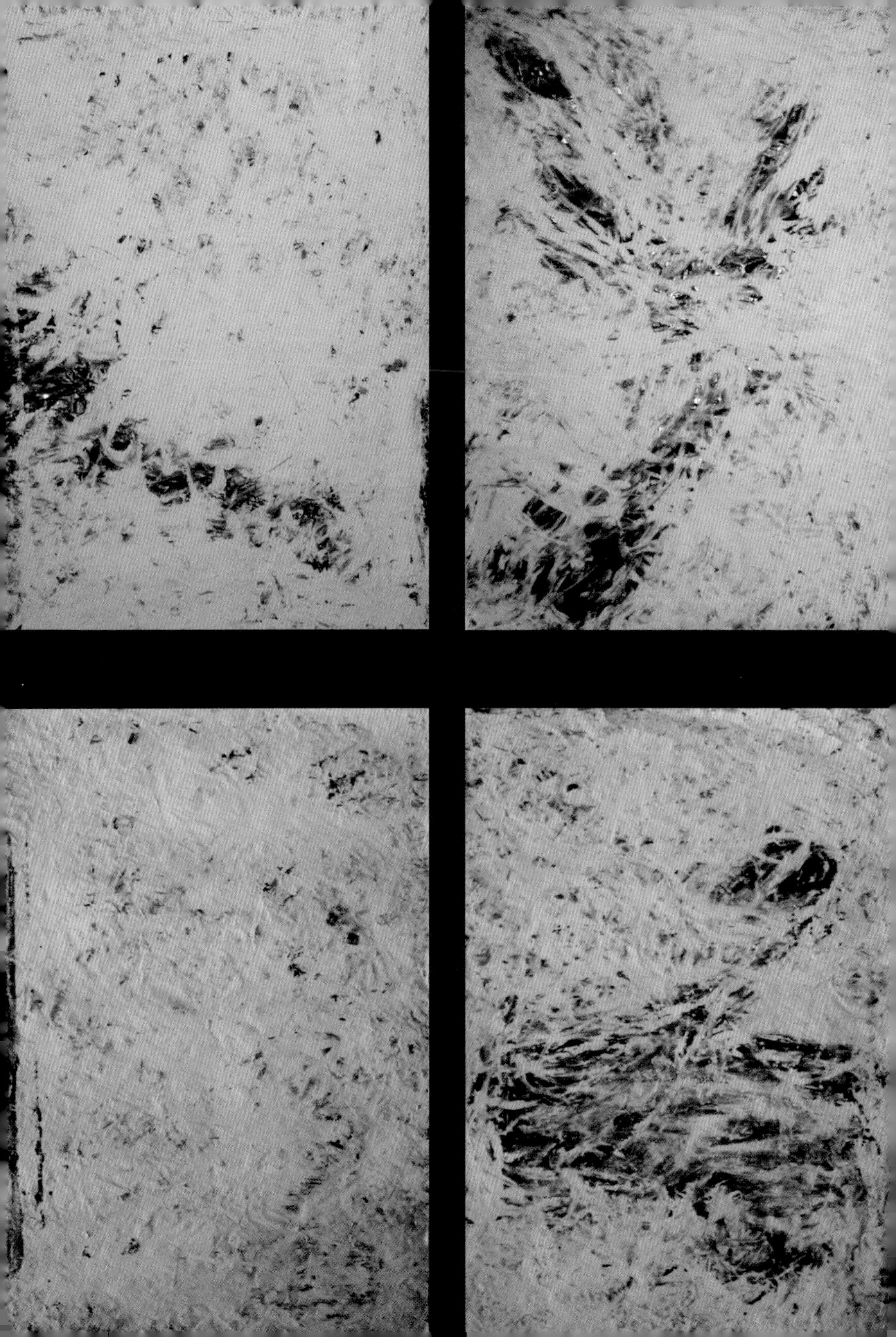

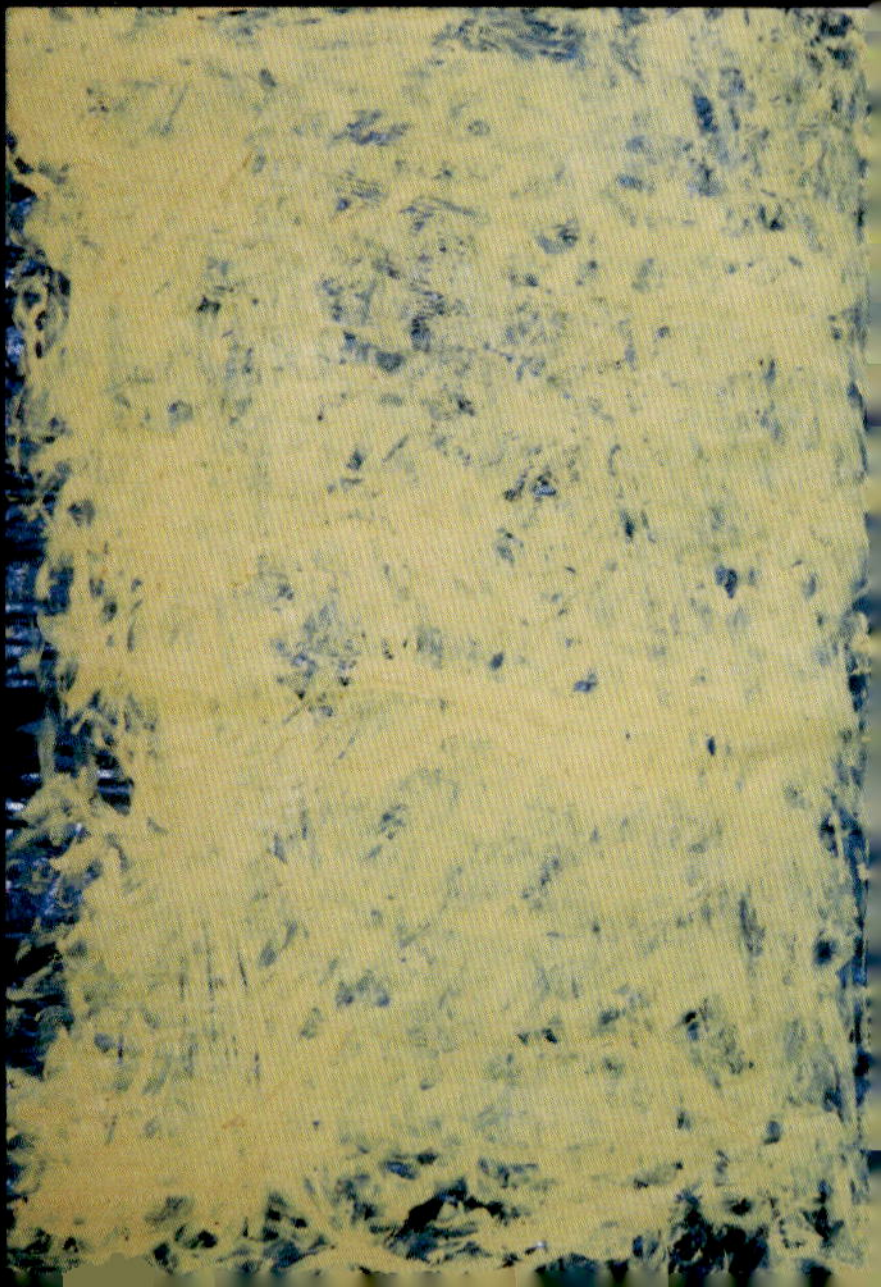

ささくれた心の滋養に、
絵・音・言葉をほんの一滴

はじめに

例えば職人などが修業するうえで欠かせない行路のひとつに、本物を見る、それもライブで見る、ということがある。写真や設計図、模型、ビデオなどでなく。それは、聴く、でもいいし、触るでも食べるでも、なんでもいい。このことは何か先行する形があって、そこに倣《なら》うという要素ももちろんあるけれど、それだけでない、単にそのものをコピーし、再生産するため以上の意味があると思う。

何かを鑑賞するということも同じようなところがあって、画集を眺めて「絵」を論じたり、CDやレコードを聴いて「音楽」を理解したりは、本当にはできないのではないか。ここ数年、絵画の鑑賞も含め、ライブというものに目覚めてしまった。この場合の私にとっての本物とはむろん、巷間言われるところの「いいもの」であると同時に、復元機械を通さない、物理的な意味での文字どおりの実物のことだ。

横尾忠則氏が最近どこかで、映画なら映像自体、絵画なら色彩やマッスやマチエール自体の思考があるという意味のことを書いていたけれど、本物の存在感、本物の前に立つ私たちを圧倒するものは、そういうことなのだろうと思う。ある絵や音楽などが、凄い思想を表しているから感動を与えるのではなく、その色彩や音のフィジカルな現前自体が凄いから、私たちは感動するのである。優れた歌い手の肉声は、どんな凡庸な楽曲であっても聴き手の胸におののきを生じさせるし、ゴッホの目の前にあったのは、ありふれたヒマワリの花にすぎなかったはずだ。詩や思想の表現だって、すべからく「復元機械」を通したのでない、実物としての迫力を発するからこそ、人に感動や深い覚醒をもたらすのではないか。

本書で見られるとおり、展覧会、コンサート、また催事など、いろんな町歩きをした。暑い夏であったり、凍えるような冬、よい匂いのする春先など、作品鑑賞の記憶はみなそういった季節感や外気の感じと結び付いている。いうなれば五感のただなかで、鉄斎やメンゲルベルクやおゑいや雛鳥たちに会ったのだ。これは春の絵を見たじっさいの季節が別の、例えば秋であったとしても一向に差し支えない。鑑賞術として特に意識したものはないけれど、そういう、色や匂い、温度、光などの、世界の具体性のただなかでのみ、「本物」と出会えていたのだなという実感は、かなり深い。

目次

I

美人論

面構小考

片岡球子の人物画をその初期から見ていって、独特なものがあるのに気がついた。眼の光のつよさである。人物画といえば、ほぼ浮世絵の美人画を受け継ぐとされる（私はそうは思わないが）、明治近代以降の日本画が思い浮かべられ、それはごく少数の例外を除けばほとんど通俗読み物、あるいは新聞小説の挿絵に接続してゆくような、ある種の「文学的優美さ」に象徴される典型を想起させるけれど、片岡球子の絵にはそこから無限に逸脱してゆくような、已《や》みがたい志向が見て取れる。

いま通俗読み物あるいは新聞小説の挿絵と言ったけれど、結論から申せば、それらは大和絵浮世絵（美人画も当然そこに含まれる）以来の絵の時間とははっきりと隔絶がある、明治の御代に開闢《かいびゃく》した日本の近代画壇の人間観に、究極的には連なるものではないだろうか。その美意識、というか、人間観の範型をもとめれば、それは必ずしも、われわれの祖先が創造の源泉をそこから汲み上げてきたという意味でのネイティヴな生活感情とは質を異にした、いわば接ぎ木されたバタ臭さ、みたいなものを仄かに感じる。いま現在われわれがテレビや映画で見、ポスターの写真や雑誌のイラストレーションで見、あるいは漫画で見るような、そしてそれを前提として「古風な美人」と形容するがごとき、「ある種の典型」と言ったら思い当たられるであろうか。

それに対し、片岡球子の絵画における人物群は、均斉のとれた美男美女の典型（type）を見慣れた感性にとっては、あまりに眼の光がつよい、と言っていい。紙本絹本《しほんけんぽん》にきっちりと描き分けられたその双眸《そうぼう》だけによってわれわれの、男優女優や漫画のヒーローヒロインの視覚像に馴らされた感性を破壊しかけてくるような気さえしてくるのはなぜだろうか。群像たちの醜い、とさえ「現代常識」的には言ってさしつかえない、眼の光、顔の造形によるその破壊は、だがけっして不愉快なものではなく、ひとたびそれを受け入れてみたおりの自分のこころを、注意して静かに閲《けみ》してみると、深い大きな安逸と、自らが何故にかくも（なにものかに？）疲労していたのか、という自覚がまざまざと拡がってくるのに（私は）驚く。これらは初期の「学ぶ子等」「緑蔭」「室内」などに紛れなく現れてい、大して違わない時期の「歌舞伎南蛮寺門前所見」では、すでに後に意識的な連作群となる「面構《つらがまえ》」シリーズの作と言っていいほどの時熟のさまを見せている。

「面構」ではいわゆる美男美女なんかひとりもいない。というよりは、顔のヨウスが良かろうがそうでなかろうが、片岡球子は近代的な意味での美醜の基準からはなっから外れたところで、対象の人間を遠く想い見、近く嗅ぎ、五感を須《もち》いて哲学したうえで彼ないし彼女が「美しい」かどうか、斧を振るうように濃厚な画をわれわれのまえに劈《ひら》いてみせるのだ。美醜ということで言えば、顔のヨウスなんかはすでにして江戸期に、美人画と同じくらいの質、量、情熱をかたむけて（どこからそんな情熱が湧いてきたのかわからないけれど）強烈にデフォルメされた作品群が描かれているし、文人画などを見ても、鉄斎、大雅、蕪村も当然そうだが、江戸以前のものも、とくに寒山拾得《かんざんじっとく》や樵《きこり》・漁師、布袋《ほてい》・寿老人《じゅろうじん》あるいは許由《きょゆう》・巣父《そうほ》の画題など、近代的な美醜観からはトテモツイテユケナイとんでもない表情が、ほんの少し前の日本では（あるいは中国、朝鮮、ヴェトナムでは）、賀すべきものとして、京《みやこ》や町や村落に流通していた、基準（standard）たるべき美にほかならなかったのだ。

そういう意味で、片岡球子の描く群像は痛快なまでに「近代絵画」であり得ていない。もっとも、球子画伯自身にとってみれば、近代絵画であるかそうでないか、洋画であるか日本画であるかはどうでもいいことにはちがいない。「面構」シリーズの発端となった人物について、彼女にしてかくのごとき言がある。

京都の等持院へ遊びに行ったところ、足利一族の木彫があるんです。尊氏は小学校では国家の逆賊として教えられていたのですが、恵比寿様のような福顔なんですね。眉も目もたれて、鼻はあぐらをかき、耳はたっぷり…、何と度量の深そうな素晴らしい顔だろう、そこで決めました、人間の面《つら》を描こうと。顔では弱い、もっとどぎつくしようというので「面構」のシリーズをはじめました。（図録34ページ）

「顔では弱い、もっとどぎつくしよう」という、これを球子画伯の渇仰の表現ととるべきか含羞の表現ととるべきか、微妙なところだけれども、いずれにせよ「面構」の面々を見ていると、われわれは「その人」に会っているという印象というか体験というものに、かなり正確に近づいているという感じがするのはたしかだ。見ているのではない、会っているのだ。それの絵画的表現が「もっとどぎつく」された輪郭線や色の厚みや眼の光なのだと思う。渇仰か含羞か、ということとも関係してくるけれど、どぎついというのは過剰を表現することのみを意味しない。どぎつくして深く欠落するものだってあるわけで、その欠落が指し示すものの、一種の無がいやおうなく呼び覚ます、紙本だか絹本だかに定着された、つまり空間に定着された時間の揺らぎというものがたしかに存在する。

「その人」に会ったとき、例えば私が彼女ないし彼を美しいと思うのは、けっして客観的な範型のようなものでもって選り分け判断した結果ではない。そのとき視覚と同時にうごきはたらくものが「その人」の美醜を決定づけるのだ。逆に極論すれば、その「美醜」感を「客観」的判断と言い換えてさえいい。「面構」の始めとなった足利尊氏像を「受け入れる」とき、そ

片岡球子「北斎の娘おゑい」1982
山種美術館蔵（図録『白寿記念
片岡球子展―極める　人間と山』
朝日新聞社）

のどぎつさの外見とは反対に、自分のなかで何かが割れ、解きほぐされて非常に楽になるという不思議な体験をした。私の貧しい知見で知り得たところでは、この感じは、さっきも言った鉄斎や蕪村や例えば若冲《じゃくちゅう》、古い中国や朝鮮の画、あるいは大津絵なんかを初めてそれと思って見たおりの体感と大層似ている。

女面構は今回の展示では比較的少数だが、その第一号である「北斎の娘おゑい」は、明治以降のありふれた描きようによっては、もっとこう、「はっとするような」近代的美人にもなり得たであろうに、全然違うのは、（そしてやはり美しいのは）それこそ眼のつけどころが違うとしか言いようがない。ちょっとした現象学を使えば、美人の典型のようにもてはやされる現代の女優やモデルの顔をよくよく見ると、つまり判断中止（epoche）という手順が必要なのだが、それと思ってざっと見ていたその顔が、思っていたより眼が離れていたり、頬骨が出ているような気がしてきたり、例えば口が下に付きすぎているような感じがしてくる。それは当たり前であって、まあ、言われるところの個性というものもあるだろうけれど、モデルや女優のような「美しさ」はあくまで（歴史的幻想的）お約束にすぎないのだから。「眼のつけどころ」によっては、同じモデルの顔を、お約束の基準から美人にもシコメにも描くことが出来、またお約束を離れれば「その人」に会ったとき瞬時にうごきはたらくものの導きにしたがって、美しくあるいは醜く、描くことになるのだと思う。

おゑいに会ったとき、私は間違いなく彼女を美しいと感じるだろう。黒田如水や日蓮や北斎と一別したとき、凄みと深さと強烈なシンパシーを感じるだろう。そういう人間が少なくなった。片岡球子は絵筆でそういうことをやったのである。

鉄斎の時間

最後の文人

正月明け、有楽町駅から延びる通りを、冬のふるえあがるような朔風と西日を浴びながら、鉄斎展を見に出光美術館をめざした。展示のタイトルは「没後八十年　最後の文人　鉄斎――富士山から蓬萊山へ」というもので、これだけの言葉でもいろんなことを考えさせられる。

まず、「没後八十年」をどう判断したらよいのか。時間として長いのか短いのか。これには「最後の文人」という名称が大きく関わってくると思う。百年を一世紀とする時間観からすれば、八十年前とはまた随分と遠い、十分に昔のことのような気がするであろうが、文人の概念を私なりの世界観から納得しうる範囲で（ある意味で厳密に）考えるとすれば、「最後の文人」

がいなくなったのがたった八十年前でしかないとは、また随分最近のことではないかという感じである。これは鉄斎の八十八という享年の大いさとは関係があるようでいて、あんまり関係がない。

そもそも、文人とは偉大な個性や卓絶した天才とは必ずしも相反する概念ではないが、空前絶後のひとりひとりとは全く違う、例えば帝国を興したり、大運河を開削したり、同じ手つきで一国を亡ぼしたり、あるいはひとりっきりでアパルトマンの部屋のうちに完結して終わるごとき個性とは相反する、時間によって繋がれた（これを無時間と言ってもよいが）ひとりひとりであると言うことができると思う。画にしても詩にしても儒にしても釈にしても、そのときのひとりの前には（正面から受け継ぐにしろ、否定しあるいは韜晦《とうかい》するにしろ）必ず誰かの後の誰かがあり、後に誰かが必ずつづくであろうそのひとりは、大きくてゆるやかな流れのなかに画然と存在するのであって、この流れを時間といい無時間と称してもかまわないけれども、それを美術史や宗教史や文学史としてくくってみても、なんとなく、どれも違うような気が、私にはする。文人というわけではないが、例えば『教行信証』や『正法眼蔵』などは確かに巍々《ぎぎ》としてたかい一冊一冊ではあるが、それをもたらした仏教二千年という法統のなかに置いてみて初めてその真価がはかられるものであろう。ではその二千年は長いか短いか。仏教史と法統の時間とは同じ範疇で考えられるべきものなのか。客観的な歴史的時間という考え方は、じつはかなり危うくて脆弱なものなのではないかという気がしてならない。

鉄斎は自らを画家ではなく儒家として自任していたようだが、どこの御用達ということもなく、むかしの（ある種の、ほんものの）学者はどうもしかつめらしさの裏にこころの空山《くうざん》に嬉遊する仙術をひめていたみたいで、鉄斎もご多分に漏れず、遊びに遊んだその痕跡にすぎないものが、その描いたところの万とも言われる書画の数々であったと、私は考える。芸術は芸術なのだが、その色や線や筆致はある世界観そのものであり、宗教的に言えば祭祀のようなものであるから、必ずと言っていいほど添えられた賛（つまり、言葉だが）はその画を見るうえでけっして無視できるものではない。例えばこんな賛は鉄斎における時間観を知るうえで興味深いものがある。「流年復《ま》た記せず。但《た》だ見る　花の開くを春と為し、花の落つるを秋と為すを。終歳、営む所なし。惟《た》だ知る　日出でて作《な》し、日入りて息《いこ》うを。」（「漁父図」明治十五年、賛の出典が記されていないのであるいはこれは鉄斎自身によるものか）。これの大意は次のごとくである。「過ぎゆく時を一々おぼえてはいない。ただ、花が咲けば春が来たと思い、花が散ると秋になったと感じるばかりだ。一年を通して何かを成し遂げるわけではない。ただ、日が昇ると働き、日が沈むと休むばかりだ。」

「終歳、営む所なし」という言に私はあこがれる。これは以下の詩句にただちに接する世界の眺め方でもあろう。「世泰《やす》く時豊かにして芻米賤《やす》く、酒を買うに頗る青銅銭有り。夕陽半ば落つ風浪の舞うに、舟船　港に入りて　危顚無し。鮮を烹《に》　酒を熱《あたた》めて知己を招き、滄浪迭《たが》いに唱《うた》いて　乃《な》お舷《ふなばた》を扣《たた》く。酔い来りて盞《さかずき》を挙げ、明月に酬い、自から謂う　此の楽　能く儛に通ずと。遥かに望む　黄塵道中の客。富貴は我に于《お》いて　煙雲の如し。」（「大江捕魚図」大正五年、詩は明の唐寅《とういん》「詠漁家楽詩」）

富岡鉄斎「大江捕魚図」1916　東京国立博物館蔵（図録『没後八十年　最後の文人鉄斎―富士山から蓬莱山へ』（財）出光美術館）

「富貴は我に于いて　煙雲の如し」とはまた、深いふかい溜息のようだ。もちろんこれは理想とするところであって、唐寅も鉄斎も当然濁世《じょくせ》に佶屈《きっくつ》していた、その現実のなかで思い描かれた仙境であることは想像に難くない。唐寅のことはよくわからないけれど、帝国美術院会員を拝命し、在世中に正五位に叙せられた鉄斎が、十分に生臭い世界のことに通じていなかったはずはない。けれど、鉄斎という存在のどこからも、不思議なことにどんな臭気も漂ってこないのだ。この風韻は画における色や線、書における一点一画にも充満していて、こういった感じは明治以前の、はるか明日香の石槨《せっかく》に描かれた文様にまで通うものでもあり、しかし江戸が終わってからこっちは鉄斎ただ独歩の観がある。こういう、時間ないし無時間のゆるやかな流れに繋がる感じこそ、鉄斎が「最後の文人」といわれる所以であろう。横山大観あたりに代表され、以後現在にいたる日本画に、宿命のように刻印されているある種鋭敏な文学性とでも呼ぶべきもの、それとははっきり無縁の哲学がそこにはある。

いま言った「文学性」のある極みのひとつが、例えば魯山人あたりなのではないか。鉄斎との比較となれば魯山人が気の毒のようなものだが、文人と文学青年の違いくらいのことは指摘しておくべきだろう。鉄斎が非形象を表現するのに驚くほど豊富な形象をもちいるのに対し、魯山人はひとつの形象を表現するのに、かぎりなく非形象に近いともいえる形象の痕跡をもって暗示する。魯山人があるものを驚くべき豊富さを有した色と形象をもちいて表現する場合も(昭和初期の雲錦鉢、染付葡萄文鉢、椿文鉢など)、それはなにものかの痕跡という感がつよい。非形象たる哲学もまた、何かの遺構みたいな影として示されるに過ぎない。鉄斎における

富岡鉄斎「福内鬼外図」1915～24？　出光美術館蔵（図録『没後八十年　最後の文人　鉄斎―富士山から蓬莱山へ』（財）出光美術館）

俗はまっすぐに祝祭に通ずる色合いを持った生活そのものといえるが、比して魯山人の生活のなかに俗はあったのかと考えると、それはなかったのではないかというのが、案外正解に近いような気もする。俗のない生活というものは猥褻《わいせつ》なもので、そんな苦しさで七十数年になんなんとする生をよく全う出来たものだ。ただし彼が指導した美食倶楽部の料理はちょっと試みてみたかった。

俗といえば鉄斎の晩年（彼が本格的になってきたのはほぼ四十を過ぎてからだが）には、走り描きのようだがいささかもその本領を逸していない扇面画の数々がある。現代人のある種の人々から見れば、下らないといえば下らなかろうが（特にむかしの商家の壁などに張り付けてある道歌のごとき）、私にはたいそう面白く、一枚失敬したいくらいのものだった。猿が書物をひらいて歌を詠んだり、ほんとうに邪鬼が逃げ出すかのような赤く描かれた「鬼」の形象文字の横に書かれた「富久者有智　遠仁者疎道」（「ふくはうち、おにはそと」と「富久しき者は智有り。仁に遠き者は道を疎んず」と両様読める）など、それらが持っている匂いや時間の感覚など、あるいはもっとあからさまに同一の画題（瓢簞鯰《ひょうたんなまず》や福禄寿《ふくろくじゅ》）など、これも先日町田の市立博物館で見る機会のあった大津絵の世界に深く通底するものを感じた。今回の鉄斎展には「普陀落伽観世音菩薩図」（大正四年）と「白衣大士図」（大正九年）が見られるが、その懐かしいようなおそろしいような菩薩たちの描線は、大津絵におけるさまざまな仏たちと同じ匂いがあって、それは百数十年ほど前にいちどはっきりと断ち切られたはずの時間をありありと想像させる。そんな鉄斎の生家は京の法衣商だそうで、大津は山科を越えた隣だが、耳の不自由な鉄斎は大切にされた子供の頃から「流年復た記せず。但だ見る　花の開くを春と為し、花の落つるを秋と為す」「終歳、営む所なき日々の時間にゆるゆると身を浸していたのである。

夏の花　南宋絵画について

杜鵑《とけん》の幻聴がさかさに降りかかってくるような新緑の午後、きわめて美しい闇を見た。いま根津美術館で開催されている「南宋絵画展―才情雅致の世界―」である。はなしを手っ取り早くするために、図録の、菅原壽雄という相当おもしろそうな紳士の文を引いてみたい。昭和三十年代のはじめ、共産党の中国はダメだけれど、台湾に清王朝の遺宝が来ていると聞いて、日本からなんとか工面して行って、見てきたときのはなしである。

（旧日本軍のものとおぼしき防空壕前の建物で）初老の男性が二人、台車に箱をのせて入って来て脚立に登る。天井近くの釘に巻軸の紐をかけて放り出す。バサバサッとすごい音を立てて床ちかくまで落下する。イヤモウ見ている方が震え上った。それは兎もあれ、熟覧がはじまる。五代巨然《きよねん》、北宋范寛《はんかん》・郭熙《かくき》と続く。ビックリ仰天を通り越して啞然とした。ノートもとれない。口をあけて唯々呆然と眺めるのみであった。そこに展開していたものは、いままで十何年むねに畳み込まれていた「唐絵」——「シナ画」とは全く異質な、大観的な山水描写を通じての自然看照の物凄さに他ならなかった。これが中国絵画なんだ、今まで俺達が「シナ画」と思い込んでいたのとは全然別の世界があったんだ——唯々これが洗練されてコンパクト化すると、南宋院体梁楷《りょうかい》の雪景山水や出山釈迦が出て来るのかナ、それにしても日本の絵は暖かいが、「シナ画」は寒いナ——という想いが胸中をよぎったのを覚えている。（図録7ページ『「シナ画」と中国絵画』より）

日本の絵が暖かいというのは今ひとつという観があるけれども、「シナ画」は寒いナ、というのはよくわかる気がする。「物凄さ」は大観的な自然看照ばかりではなく、洗練されコンパクト化した、例えば「紅白芙蓉図」（李迪《りてき》）の、手を触れれば切れんばかりの刃物みたいな花弁の曲線のかさなりや、「鶉図」（伝・李安忠）における、鶉の禍々《まがまが》しいまでに高貴な双眸や、あるいは「茉莉花図」（伝・趙昌）での、夏の闇に匂いだすジャスミン花の濃白などにもまざまざと感じられ、展示室のくらがりに浮かぶ仄かにして強靭な色と線は見る当方の皮膚のうちがわで慄然とするものがあった。これは客観的な日本と大陸との違いなんかではなくて、たぶん、こちら側の日本人、という限定を付した瞬間から始まる想像のなかの中国という圧倒的なイメージなのだろうと思う。それら画の視覚はどこかしら懐かしい記憶と繋がっているくせに。だが当の中国人はきっと何とも思ってはいまい——ここで、なぜだか奇妙に思い出されたのが伊藤仁斎の、おそらく『童子問』にあった一節だ。正確ではないがおおよそ、こういうことであったかと思う。

ある門生の質問のなかに、どうして聖賢の道が今におこなわれにくいものになってしまったのでしょうか、というのがあって、先生答えていわく、聖賢の道は理想とするべきものであるが、それが縦横無尽におこなわれたのは今と違った「極治極乱」の時代であったからだ、というのである。

この「極治極乱」というイメージは、日本と中国が、朝貢《ちょうこう》の関係にあったり、交易の関係にあったりしたこととは別に、われわれがそこからやって来たというわけではないけれど、われわれがじぶんのなかのはるかなものを思うとき、拠らしめられるべきまぼろしとしての大陸というイメージにかさなるのではないか。すなわち、物事の大宗や根源を思うとき、かならず敲《たた》かれる扉のむこうにある「無時間」というわれわれの魂のふるさとのなかの。菅原氏が抱いた「寒いナ」という印象は、こういう、ある種の極限に触れたときの感じにもっとも近いものではないかと私は考えるのだ。

もっとも、宋が金によって南に追われるまえの（その原因ともなったようだが）徽宗皇帝あたりにはじまり、高踏典雅な南宋の院体やら禅林の跳梁を経て、「山含秋色近、燕渡夕陽遅」

李迪「紅白芙蓉図」1197　東京国立博物館蔵（図録『南宋絵画―才情雅致の世界―』根津美術館）

伝・李安忠「鶉図」根津美術館蔵（図録『南宋絵画─才情雅致の世界─』根津美術館）

伝・趙昌「茉莉花図」東京・個人蔵（図録『南宋絵画─才情雅致の世界─』根津美術館）

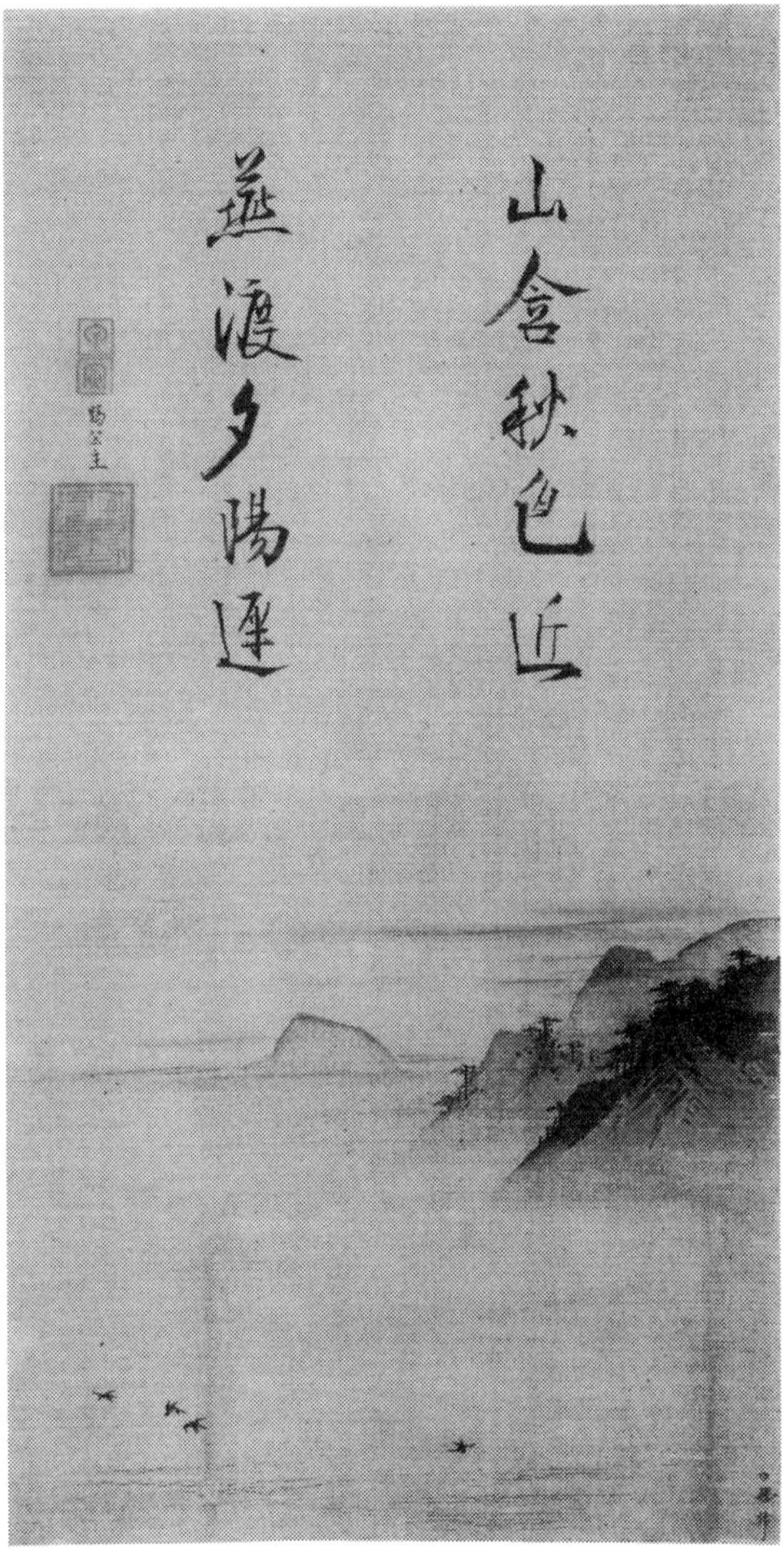

馬麟「夕陽山水図」1254　根津美術館蔵（図録『南宋絵画―才情雅致の世界―』根津美術館）

といった書とも画ともつかないちいさな夕ぐれ（理宗賛、馬麟筆「夕陽山水図」南宋末）をくぐり、そして牧谿《もつけい》の茫漠精妙な山水にいたる「極治」の時間が、現実的にはさいごの牧谿が見た元の治世によって息の根を止められた、ほんの百五十年ほどのあいだのことにすぎなかったというのも、思い返せば夏の闇に匂いだす茉莉花《まつりか》みたいに不思議議で儚い。これら日本に将来されたものの多くが、応仁の乱の因をつくった将軍足利義政の持ち物である「東山御物」だというのも、なんだか因縁めくものを感じる。

展示室の闇を出て、美術館の庭園を散歩した。鬱蒼とした緑の猛々しさのうちにあるのはさまざまな茶室であり水の流れであり小橋であったが、五輪塔や地蔵菩薩立像や鳥居、社まであるのには驚いた。無論、供養され浄《きよ》められてはいるのであろうが、木下闇をいっそう深くさせるこういった小さなモノたちは、やはり緑のなかに遺棄された魂魄という感じがしてならない。この、とても東京のただなかにあるとは思えない新緑の、木々のはざまの青空の奥に凄まじい竅《あな》を覗いたような気がしたのは、私ばかりであったろうか。

装飾について　中国国宝展に行く

秋半ば、異常な夏の影響で奇妙な風にくすんで見える木々の間をぬって、東博で開催されている「中国国宝展」を見に行った。今回の国宝展は中国仏教美術に力を入れたものということで、その方面に関心、というか希望の芽のようなものを感じている身としては、期するところの実に大きい展覧であり、チケットを恵んでくださった詩誌『鮫』の詩人の前田美智子さんに対し適当な感謝の言葉が見つからない。

展示は大まかに分けて、仏教以前の考古学系と東漸《とうぜん》して以来の仏教系とに区別できるけれど、それは例えばヨーロッパにおけるキリスト教の制覇以前と以後のごとき徹底的な峻別の印象をともなうものではない。何度かにわたる廃仏運動の形跡はあるにせよ、東漸してきた仏教というものと、受け入れた側のあいだに認められる宥和・寛容さの在り方には掬《きく》するに足る、驚くべきものがある。

仏教東漸の始めは後漢《ごかん》の時代、紀元二〜三世紀の頃のことのようだが、最初は土地の神仙思想にまぎれこむ形や、呪符的な「お守り」のような形をとることが多かったようだ。ここで言う「仏教」の形跡とは、いわゆる「仏形」（仏像）のことである。最初は平たい板のうえの白描に近い描線や、陶器におけるわずかな盛り上がりでそれと見分けがつくにすぎないような仏形が、魏や斉や唐、はたまた五胡十六国に至る流れのなかで、大きく立体化し、石に彫られ、金に吹かれ、雄大にあるいは細美に、衣を翻し、図像の謎で埋め尽くされ、孜々《しし》としていとなまれる深い風韻の渦のように中原を始めとする大陸に満ちてゆくさまが、展示室の「順路」を行く私の目のまえに次々と展開する。しかしさっきも言ったが「それ以前」と「それ以後」に目も眩むような断絶はないというか、まるで跡の残らない癒着みたいなこの変わりなさはどうしたことか。

なるほど、山東省出土のあの息を呑むほど麗しいみほとけたちのかんばせと、さまざまな醜怪なけだものを模したと思しき青銅器の思想とは目も眩む隔たりがあるかに見える。しかし青銅器時代に先んじ、かつすぐに接する（玉《ぎょく》に対する精神的執着という点では見事なまでの連続性を示す）長い長い石器時代の、玉板に彫られた放射状の矢車みたいな光の文様と、石英で出来た腕輪や玉製の匙の文字通り「完璧」な立体的精緻・優美（それらの製作に金属は一切用いられていない）の関係は、みほとけの光背や袈裟を埋め尽くす象徴的な図像と、彼女たちのおもだちの立体的優美そのものとの関係に、そっくりそのまま置き換えることができると思う。

顔や形の立体的優美・洗練は技術的にはまさにこの時代であってよかったし、また別の時代であっても（石器時代でも、例えば孫文の中華民国の時代であっても）じゅうぶんに「可能」ではあろう。一万年や二万年では人間はそうたいして違ったことを、出来るわけでも考えるわけでもないのだから。私が注目したいのは、そういった具象に類する事柄より以上に、玉板における輪と放射状の線条からなる、ある思想をあらわしていると思しき図像のほうだ。解説を引く。

（…）中央に八つの先端をもつ星形を表わし、その周囲を円で囲む。その外側に矢の羽根のような文様と放射線を八本ずつ刻み、その周囲をさらに円で囲む。その外側に四本の矢羽のような文様があり、玉板の隅に向かって伸びる。玉板の周囲には多数の孔がうがたれており、この玉板が何かに縫いつけられていたものと想像される。／中央の星形を太陽とみれば、太陽の光がまさに四方八方に伸びているさまを表わしたものともいえよう。それだけではなく、東西南北の各方位への祭祀に関係するものとみることも可能であろうし、何かの占いに用いられた可能性も考えられる。（図録20～21ページ）

かくのごとき象形が「何」をあらわしているかは別として、いずれひとつの思想であることは間違いなく、それが同時に石英の完璧な丸《リング》や、玉の匙の完璧な薄曲面を可能ならしめているモチベーションたるに疑いないことに驚きがあるのだ。

仏形ということで言えば、インド出自の仏像にはいろいろな約束事があるようだが、みほとけ本体の頭頂部とか眉間白毫《みけんびゃくごう》とか印契《いんげい》とか衣とかのほか、光背の炎や蓮華座の相が必ず出現する。また「楼閣形」とされる中国独特の仏塔には、釈迦にまつわるいろんな説話が彫り込まれて、仏形本体のほかにさまざまな装飾的な文様が施される。これが隋仏や魏仏になって発展してくると、大きく取られた光背の空間やみほとけのお体そのものに、複雑かつ精緻な図像がみっしりと描き込まれる。

これらはもともとは石に彫られいまここに現前しておわしますみほとけの、その存在を理由づけている思想であり、象徴であり、そしておなじことだがその讃歎《さんだん》でもある。ここではフィジカルな展覧がほぼ不可能である、石窟寺院における仏教美術がいかなるものであるか、ほんの断片しか出品されていないが、その伎楽天や火頭明王の色鮮やかな具体性を目の当たりにするとき、隋仏魏仏の図像がいかに抽象的であるか、言い換えればいかに象徴的なものであるか(かつ論理的であるか)、気づかされることになる。時代は極端に異なることはないけれど、こんなところに、甘粛省麦積山という西方と山東地方という東方との違い、仏教が中国を「東漸」するということの一つの傾向が見て取れる。

話が逸れた。私が関心のあるのは、玉板の文様と、仏を象徴的にあらわしている図像とのあいだに見られるある種の共通性である。繰り返しになるが、それらは明らかにある思想の文様化であり図像化である。そういう点で、言葉ではないその現実的な線の屈曲や反復のことごとくには幻のように「意味」が付属している。より厳密に言えば、そのことごとくの描線は「無意味」ではない。これを立体の仏像にあてはめてみれば、坐しているか立っているか、瞼のふさがり具合、瓔珞《ようらく》や水瓶《すいびん》、袈裟や印契などの形状は、ある思想をあらわすということで一般的に言う「意味」をひめている。けれど、その形状自体のほんとうの直接的「意味」というのはむしろ、フィギュアとしての仏像の、立体的具象的な統合に収斂するところのものなのである。仏像の、例えば片手の中指と親指で環をつくる印契はある思想をあらわしていると言えるが、その形状の現実そのものが喚起する第一の「意味」は、ヒトに似せたみほとけの（思想ではなく）肉体としての「手」の具象性に収斂されてゆくのである。

言い換えれば、印契そのものは直ちにある思想をあらわすが、印契を結ぶ仏像の当の「手」となると、まず立体的に象られたある空間を媒介してからでないと、有意の思想をあらわすことができないのである。つまり、ほんらい無媒介であるべき印契と宇宙の関係に、空間が介在することになるのだ。

玉板の文様もそうだけれど、仏教美術における図像もキリスト教の十字架と同じく、ある精神性というものを、われわれの心にひとつの直接性をもって刻み込む印象がある。仏像や仏画の具象を現出させている今言った空間という「意味」は、やがて芸術へと赴くけれど、仏教で言えば卍形などがあらわす「意味」というもの、精神性というか心にとっての直接性が赴くところは何かといえば、それは装飾ということになるのではないかと私は考える。ヒトがする装身具、服飾、化粧などといった類の根底には、自らを超え、自らを支える「思想」に対するヒトの態度というものが存在するような気が、私にはする。

冠、アイシャドー、マスカラ、頬紅、口紅、イヤリング、ネックレス、指輪、ブレスレット、アンクレット、マニキュア、ペディキュア、そしてウエア……これらは現代、モードと言われる急流のなかで鎬《しのぎ》を削る運動を見せているが、それは例えば半年前の装飾はもう使えないという可変性を示すものだとしても、いま列挙したのとおんなじ「装飾」それ自体の形態はすでに新石器時代には現代と比べても、ほぼ不変の完成形を見せているのだ。

思えば山東地方出土の、ほとんどギリシャの微笑みを湛えたみほとけたちを飾っていた、多くのタイや宝冠や宝玉付きのベルト、ブレスレットは、大光背に燃える炎や竜の無時間、化仏や飛天の舞う象徴的な空間と同じ、荘厳《しょうごん》された世界への扉を開ける鍵のようなものではなかったか。装飾品とはまさに「あちら」の世界を、もっとも簡約に現世の言語に翻訳した、手に取れる具体物であり、心にとっての直接性である。たとえある具体物が精密に象られているにせよ、それは精密さを鑑賞するためではなく、「精密である」という側面を持つ思想を身に装うためなのである。この意味ではナイキのロゴマークも、青銅の鼎《かなえ》に施された空間恐怖めいた文様の密集も、仏の瓔珞も同じく、以下に引く世界の消息を伝える媒体にほかならない。

琮《そう》とは四角柱に大きな丸い孔を縦方向にうがった玉器である。のちの時代にも作られたが新石器時代の良渚《りょうしょ》文化でとくに流行した。側面の縦方向の稜を中心にして顔のような文様を表わすのが普通で、しかも顔が何段にも積み重なった状態を表わすことが多い。／この琮は顔が四段に積み重なっているが、小さい円の両側に切れ目を入れた眼をもつ小さい顔と大きな眼をもつ大きな顔の組み合わせを、二回繰り返していることがわかる。この顔は、No.９の柱形玉器に表わされた神人獣面文を簡素化したものである。したがって柱形玉器と玉琮には、同一か、あるいは同じ系統の神が表わされていることがわかる。（図録25ページ）

この神の顔は新石器人がそのまま目の当たりにしたものでは、恐らくあるまい。彼らが何ものかを目撃したとして、彼らはそれを神人獣面という言語に翻訳しているのだ。このとき言語は一義的でなく、複層的暗喩的であると言える。このときヒトは神を描写したのでなく、象徴のなかで神と出会った瞬間を表現したのである。そうして今でもヒトは、そのときの「あちらがわ」の空のきらきらとした記憶の破片でもって装って、大きな森のような街のなかに入ってゆくのではないか。

狩野松栄の水

瀟湘八景図について

晩秋の一日、紅葉が美しい上野公園を通って東博に、いま話題だという「大徳寺聚光院の襖絵」展を見に行った。国宝とされる障壁画の制作者は狩野松栄・永徳父子だが、メインと目され、かつ誰もが推すのが子の永徳であることはみなひとの認めるところであろう。じじつ、その騒がしいまでの天才が祖父の元信をも凌ぎ、古永徳として狩野派の巨石の位置を占めているがため、とりわけて彼の筆と特定できるこの襖絵の若描きが自ずと興味の中心になってくるのは当然である（永徳の代表作であったろう安土城や聚楽第における作は灰燼《かいじん》に帰し、基準作品たるべきものはこの大画家にして比較的少数である）。

しかるに、私がこの展示の劈頭《へきとう》を飾る松栄の水墨画に惹かれたのは、永徳とは明らかに対照的な、おそらくその才も狩野の節々《よよ》を託すべき嗣子《しし》とははっきり異なると何人も見なすところの、彼の謙虚さ穏やかさ、のみに帰するものでは必ずしも、ない。いや、圭角《けいかく》がないという意味での穏やかさにはいくぶんか通じるものがあるか。

狩野松栄筆瀟湘《しょうしょう》八景図。画面をつんざくような梅枝や岩や奔流のみなぎり、空を切る山《さん》鵲《じゃく》、鶴の叫びなどの永徳のけんらんたる世界に入る前に拡がっているのは、松栄による、ただいちめんの静謐な水である。門外漢なので正しいことはわからないが、これが展示の入りばなにあるということは、この襖絵が寺院方丈という特定の空間に置かれているという意味をあたうかぎり再現しようとした展示コンセプトを示すものでもあろう。八景図が描かれた襖のほんらい存在する場所は「礼の間」ということで、これはじっさいにも客が方丈に入るとき第一に通されるべき部屋かと思う。

瀟湘八景は中国湖南の地、洞庭湖の南の瀟水と湘水の景からとった、古来名高い（陳腐なまでに）画題だが、いちおうその八つを並べてみる。山市晴嵐《さんしせいらん》、瀟湘夜雨《しょうしょうやう》、江天暮雪《こうてんぼせつ》、平沙落《へいさらく》雁《がん》、洞庭秋月《どうていしゅうげつ》、遠寺晩鐘《えんじばんしょう》、漁村夕照《ぎょそんせきしょう》、遠浦帰帆《えんぽきはん》。ちなみに、自戒のためにも記しておくと、山市は山間のまち、晴嵐はあらしということではなく（この場合の嵐《らん》は山気《さんき》）、晴天の日にたつ山気であり、遠寺は文字どおり遠くにある寺のことで煙寺とも書く。平沙は凹凸のない砂原、落雁は雁が墜落するのではなく舞い下りるということ（私は誤解していたが）。

松栄の八景図はその名の通り八枚の襖から成るが、一枚一枚が例えば山市晴嵐とか瀟湘夜雨

狩野松栄「瀟湘八景図」1566頃　京都・聚光院蔵（図録『国宝　大徳寺　聚光院の襖絵』NHK・NHKプロモーション、日本経済新聞社）

とかにきっちりと対応しているわけではない。晴嵐は継目をこえていつのまにか夜雨に移行し、雨はいつしか雪となりつつ、気がつくと空から降るものは直交する部屋の隅をまたいでかりがねの連続した魂魄に変身している。そして落雁のつらなりは雪を戴く山から皎々たる月光の遍満する湖面の片端に散り、時間はやや巻き戻されて晩鐘のひびく瀟湘の水面を、漁を終えた漁民の舟が帆をあげ夕日を浴びながら帰ってくる。そこまでを見届けてふと、画面の端に付属した黒々とした引手の環を視認するとき、これが襖であること、いままでの時間が幻のように消失してゆくこと、そして私がいままで画を見る人であったことに、あらためて気づかされるのである。現実に戻される、という言い方はしたくない。

画の時間をおおうものはひたすらに空気と山気と水気であって、画面全体の割合から言えば、ヒトや邑《むら》や樹木を含むそれらのいとなみはほんのわずかの部分でしかない。ここで人間に対する自然の優位性ということを言いたいのではない。自然を含んだ人間のいとなみ全体が、完全（completeness）という概念がするどい逆説のように感じられるまでに、あまりにも圭角のない筆致によって定着されていることに私は驚くのだ。

それをもたらしたのは松栄の資質か、それとも元々は嫡子でさえなかった、代継ぎとしての役割に徹した自らへのある種の諦観か。けれどじつは私はそのことに関しさして興味がない。彼の画の根本には松栄という個人をこえたものがあると思う。それは、花開き方、種子の質のさまざまは存在するだろうけれども、永徳にも元信にも、また血の繋がりは等閑視するとして、長谷川等伯や雪舟、溯《さかのぼ》れば牧谿もこえてふりさけみることのできる世界観だと思う。

例えば永徳でいえば、代表的な「唐獅子図屛風」などの圧倒的な華麗さ、舞踏にも似た装飾性に私は、ルネサンス絵画におけるような堅牢さ重厚さを感じることはない。唐獅子図の装飾性、様式性に躍動を覚えるのは、それがある偉大な「軽さ」に裏打ちされている結果であって、次の瞬間に灰燼に帰していたとしても、一陣の風さえも残さない爽やかさがある。それは、当の躍動感の拠ってきたるところが、有ではなく無であるがゆえだと私は考えるのだ。拠って立つ、そして見晴るかす場所が空無であるがゆえに、若い永徳も父である松栄も、そういう事実、血縁とはちがう面貌で「古人」という名の無時間的なひとりひとりであったといえるのではないか。

せめて塵無く　写真表現について

人からの頼まれ事で、何か写真論のようなものをと考えていたところ、朝日の夕刊に次のような歌が出ていた。矢部雅之という、ほんらい報道写真をなりわいとする人のものだ。

真実を写せるなどとは思はねどせめて塵無くレンズを拭ふ

うまい歌であるかどうかは読み手の判断に委ねるとして、歌にそなわる誠実さから滲み出る品格のようなものは賞するに足るであろう。けれど私がここに引いた理由は歌の内容であって、こういったことは誰しもが抱く実感に近いのではないだろうか。

いきなり原則論からはじまるけれど、私たちの目の視覚というものとネガに定着された現象（像＝イメージ）というものは同じではあり得ない。前者が心というものを通過したうえで、すなわち時間というものを一度くぐったうえで得られる像であるのに対し、後者はそれ自体としては純然たる空間に示された像にすぎないという違いがある。ことは精神心理的なことがらに属するが、目の視覚にとって心の了解が無ければ視覚像そのものが成り立たなくなる。言い換えれば心をファンクションとしない映像それ自体というのは存在しない（じつに、あたりまえのことだが）。同じように、写真に定着されたものは厳密に言って、影や色むらや線の集合にほかならず、それが像となり現象となり現実を写したものとなるためには、心の形にかなり似た、方法性や画面（ファインダーからの）の切り取り方や処理の仕方などが必要となってくる。それが、一首の「真実を写せるなどとは思はねど」の意味である。

いっぽうで写真について、絵画があるぎりぎりの地点までその性能を伸ばし、成熟しきったところで写真にバトンタッチした「記録」としての側面が重要であることを、今まで述べてきたことで否定しているわけではむろんない。実際に砲弾が飛び交い、酷暑の砂漠や寒冷な海、血や屍体の臭いが立ち昇るなかで切られたシャッターの画面のそこここに、その現実のなかでしか存在し得ない鋭いディテールを、私たちはある迫力とともに認めることができる。絵画や録音や、それどころかときとして映画、ビデオさえも超えることがある写真表現というものを考えるとき、私たちはカメラマンが「現場」に立ち、映画撮影やビデオカメラを扱うより可成り自由に立ち居振る舞う、ということの意味について、（その頽廃的ともなりうる側面も含めて）しばし沈思せざることを得ない。歌の下の句「せめて塵無くレンズを拭ふ」が圧し出す、ひそかな沈黙と厳粛の味わいはこんなところから来るのかも知れない。

「記録」性ということからいえば、写真よりもその特徴が突出したものとして、例えば設計図や地形図、人体模型図あるいは遺跡の発掘図みたいな図面類が考えられるだろう。写真が発明される以前は、画家や職人がそのうえに肉付けや彩色や陰翳をつけていったのである。著名なところではレオナルド・ダ・ヴィンチやレンブラントらが考えられ、次いで博物学の時代である十八世紀の東西の画工人たちが思い浮かべられる。円山応挙なんかの鳥や動物、植物を描いた画帳類もこのムーヴメントに入ると考えられる。それらはまさに「写真のような」表現と言っていい。ちなみに、楽譜と演奏の関係、脚本と演劇そのものの上演の関係も一考に値するが、今は措く。

写真表現が、それらの精巧な模写とやや異なるのは、写真が目の視覚像にあたう限り似通う性格を有していることで、ひとことで言えば画面のなかに時間が持ち込まれたということなのである。私たちは、極端な話、リンゴの写っている写真をまえにして、リンゴという空間的物質を見ているのではなく、リンゴという時間的事実を見ているのだ。リンゴという時間的事実は何を意味するかというと、リンゴの硬さ、味、色（モノクロでも同じ）はもとより、それにまつわる体験・記憶や交通・産地、歴史、経済関係などを無意識のうちに前提してリンゴの写真にむきあっているということだ。写真が示すのはそれらけっして単純ではない連関や多義性そのものなのである。逆に言えば、（報道写真など）写真の映像だけを取り出して見せられても、それだけでは何のことか（すぐには）わからないだろう。その連関や多義性そのものの要約、位置づけとしてキャプションというものが必ず添えられるのだと思う。まあ、それがなければ何を歌っているのかわからない（客観化されない）、日本の詩における詞書《ことばがき》のようなものであろう。

　これ（キャプション論）には異論もあろうかと考える。では芸術写真やポルノグラフィーに類する写真類はどうなのかと。前者の場合、タイトルそれ自体が機能としてキャプションも兼ねていると思う。「記憶」とか「仮面」とか「無題」とか、適当に考えてみても、タイトルの裏側にぴったりと張りついたキャプションという側面から、どんな芸術写真でも逃れ得ないのではないか。同じ「視覚的なもの」を用いているとしても、絵画表現とは明らかに異なると思う。絵画のタイトルからは、コンセプチュアルなものを除けばどんなに逆さに振ってもキャプションという性格は出てこないはずだ。ポルノグラフィーについてはそんなに詳しくはないけれど、その画面における、誰でもがポルノグラフィーと判断しうる「約束事」自体が、連関や多義性のなかの独自の位置づけ、ある種無形のキャプションとしてそこにただちに現前しているのではないだろうか。ある特定のものを露出しなかったり、あるいは表現しないポルノというのを思い浮かべるのは、実際むつかしい。

　このキャプション論に至る一連の叙述、私にとっては前置きのつもりが本文そのものになってしまったのだが、じつは二〇〇二年に見たセバスチャン・サルガドの『EXODUS』という写真展について書きたかった。エクサダスとは移住、脱出の意で、ほんらい旧約の「出エジプト記」におけるユダヤ人のエジプト脱出の連想を伴う言葉のようだ。東急のBunkamuraでおこなわれたこの展示会は、圧倒的な迫力をもって私を襲った。八〇年代のある一時期、二十世紀までの人類が課題としてきた、貧困の撲滅、飢えの解消、社会正義の確立というものが実現されかけたかに（私はそうは思わなかったけれど）語られた、それらすべてが、そんなものは虚妄でしかなかったことを示す三百枚を越す影像が、私を打ちのめしたのだった。そこにあるのは、貧しさから脱出しようと農村部から大都会に出て、さらに貧しくされ難民化した人々、西欧列強や米ソがいきなり手を引いて荒んでしまった国々の、虐殺や飢えからネイティヴの地を追われ、さまよわざるを得なくなった老人や女子供、伝統的な農耕地のすぐ近くに迫る高速道路や高層建築、遺棄されたストリートチルドレンたちの絶望の眼、世界の圧倒的な部分をなしながら生存すら危ぶまれる貧困層と、世界の圧倒的な富を寡占する富裕層、それに属する階層によって為される徹底的な非正義、不正、悪夢のような暴力……。十五年前に誰が想像し得たであろうかと思うほどのヒエロニムス・ボッシュのごとき夜行図をまえに私は立ち尽くしたのだが、三年後の今、アフリカ、イラク、パレスチナあたりを坩堝《るつぼ》としてもっとずっとひどいことになっていて、今後さらにひどくなりまさるのだと、思いを深く致さざるを得ない。

II

花々の過失

和田彰の最近の仕事—

彼岸の日、みごとな花を見た。地は漆黒に近い濃褐色、いやほとんど闇だ。ほとばしる花々は黄。向日葵《ひまわり》や菊や、あるいは銀杏《いちょう》の黄のはなやかさを実花の表現として置いたわけではない。連歌連句における、花が桜花を極限にまで象徴化したすえに桜から離れてゆくのと同じ意味で、それを幽玄な花、と言うことができる。白色をこえてほのかな赤ささえ感じられるこの黄を、桜、とは言いたくないが、でも同じ分裂した気持ちをもって花、あるいは花そのものと言いたい。ボードレールが見た花々ではないと思う。

作者の和田彰はまぎれもなく、油彩をもっぱらにするところから出発した画家だけれど、洋画日本画という区別に、この人はここ数年、頓着しなくなってきているようである。それはこの作品「花々の過失」の構成が、保存処理を施した新聞紙大の紙（じつは新聞紙そのもの）の十五葉の画面から成り、相対する者は、微妙にずらされた四曲二双、二曲三双あるいは八曲一双の屏風絵を見ている気分に陥ることからもうかがわれる。じつは、彼は油（絵の具）にさえこだわっていない。地の濃褐色は新聞紙を保存可能なものに固定すると同時に、ある種のマチエールを実現しているが、それは、エッチングにもちいる処理剤の効果だという。また、暗夜に散りかかるようなモチーフの素材である黄色そのものは、沈澱させた水性ペンキと聞いた。

いままで、花、花と言ってきたけれど、それは色彩のほとばしりではあるが、繊細でも豪快でもいい、でもそんな、具象的な花の描画でないことは、今さらでもないが、断っておかなくてはならないだろう。そこに在るのは、作者が私に語ったとおり、絵筆やペインティングナイフそのほかの道具ではない、両手の十指を使って現前した手指の盲動の跡にほかならない（それを語るとき、和田はいかにも愉しげである）。だが、私たちがふつうに、木を見るとき、雲を見るとき、たとえば坂を上りながら石垣の蔦の群列を一瞥するとき、なんでもいいが、そのまさに具象的なホリゾントを持った現実世界を経験する感触が、そこに、するどく正確に定着されていると、この画を見て私は思わされる。たぶん、その意味で、これは抽象画ではない。もうすこし言えば、十九世紀から二十世紀にわたる、主にフランスにおける絵画の解体と再構成とも異なる根から発生していると、私は思う。

縦横数メートルにも及ぶこの「花々の過失」の壮観をまえにする折、私たちは当然のこととして仰ぎ見る形をとることになるが、この感じは、さっきも言ったように、屏風絵を見た経験や例えば来迎図《らいごうず》、曼荼羅《まんだら》を仰いだときのことなどを思い起こさせる。室町や桃山の金屏風、また聖衆を従えた阿弥陀が臨終の者を済度する鎌倉期の「阿弥陀二十五菩薩来迎図」（早来迎《はやらいごう》）など、絢爛華麗ではあるこれらを眺めつづけていると、なぜかしらこころがしんと鎮まってくるけれど、「花々の過失」にもこの性格があって、じつは古い画の数々がそうであるのと同じように、突きつめて考えると、それはこの画の描線が何ものも指し示そうとはしてはいない、そのことから来ているのだ。ほんとうは、和田は画面のなかで、色や描線や質感を使役して、何も主張しないことをめざしたのかと私は思う。たぶん、見る者の眼ではなくこころを、引き込み遊ばせるためのある深度を含んだフレームが、ここには創造されている。山水画やそのひとつである南画もそんなところがあるが、人はそのまえで、あらわにされた色や描線と対決するのではなく、ある種の空無を鳥けだものの霊や神仙の幻とともに遊ぶのだ。この画をまえにすると、深山幽谷の豪華な夜桜のしたで冷酒を酌む気分になってくるけれど、欠損ではない明らかに過剰な、そんな嬉遊の時間が忘れ去られて久しい現在、和田彰のつけたタイトルの「花々の過失」とは、批評でも逆説でもない、確実に効いている詩の言葉だと私は考えているのだが。朋輩の作で気が引けるが、彼の画に一首を取り合わせてみる誘惑を、うまく抑えることができない。

ふぶく浜見むと来たれば薄墨の海にはげしき舞ひのさくらや　　駿河昌樹

希望の雛形

和田彰の最近の仕事2

自分の書いたものを引っ張り出すのははなはだ心苦しいが、和田彰の最近の仕事について考える上で避けて通れないので、自画自賛めくが、ここに引く。

暗く大きく混乱した廃屋の夜から君は帰ってきた
眼窩《がんか》から頬にかけてきざまれた深い皺が黄金の傷のように君の顔をくまどる
やいばよりも鮮烈にきらめく太陽はあくまでも甘く南を指せと君に告げるが
夜どおしずぶ濡れになって泳ぎ着いた朝の岸辺は、まだ武装解除をゆるさない

神奈川の北の、小さな町の小さなギャラリーに君を苦しめた声のかたどりはあった
カンバスのなか、君自身をつらぬきとおす鋭い希望の雛形のような

（倉田良成「A portrait of an artist」第一連より）

なにぶん私事にわたることなので多くには触れられないけれど、この詩は、彼・和田彰がある期間、いうなればひとつの精神的な危機に陥り、そしてそこから帰還してきたばかりのおりの相貌を写したものだ。和田の今回の個展で、葉書大の画面に描かれて白や黒のフレームに納められた（それらは百円ショップで調達された）、同一モチーフの連作群が出品・展示されているが、その全体を統《す》べるタイトルが「希望の雛形」であり、それは右の詩から採ったと彼は言う。

全体のモチーフは、和田には珍しく形象。それまでの和田のような、ある筆致の疾走のなかの偶然を装った擬・形象や色彩の横溢ではなく、はっきりと、逆紡錘形の肉質と、その先端の小さな球形の象りである。眼が感じるゲシュタルトによって異なるが、三次元の観点をとるとして、その肉質は盛り上がった凸型ではなく、抉れた凹型のものであると和田は言う。彼の言をさらに聞けば、この形象を思いついたのは、心と体両面のフィジカルな介護を要する彼の老母との幼時以来二度目の、緊密となった最近の関係から来たもので、形象は老親の乳房であり、同時にその雛形なのだと。

これを別面から考えれば、老親の乳房がすなわち希望そのもの、ということになる。老親の

乳房が希望とは、今まで和田や私や、男女の別ないあなたや、が志向していた希望とは、またずいぶんとちがったものなのではないだろうか。マザーコンプレックスというのとも異なる。和田や私やあなたや、が、男女の別なく目指していた若さ・美しさ・強さと、それにともなう不寛容――つまり生老病死を無きがごときものとして処理する姿勢とは限りなく異なり、われわれが心のなかで殺害してきたものの意味の大きさに、改めて気づかされるのである。そしてその雛形を作るのが芸術家に課せられた「仕事」なのだと言えば、あまりに古典的な謂いに過ぎようか。

和田のこれまでの仕事をざっと振り返ってみると、やはり「野の意味」シリーズの存在が大きかろう。基本的には、縦横で言えばカンバスをほぼ水平に塗り重ねてゆく色彩の束から成る画面は、いうまでもなく一つの空間であるけれど、筆致という行為の痕跡、定着されはしているが「痕跡としての色彩」であることによって、同時に何事かが訪れている一つの時間の揺らぎでもあるものにほかならなかった。「野の意味」という概念のフレームを与えられることで、跳ね、躍り、長く跡を曳く絵の具の痕跡は、比喩で言うのでなく、そこで精緻な思考が展開している言葉そのものだ。そしてその思考は、和田の好む音楽家であるジョン・ケージの、あるいはシェーンベルクの、二十世紀西欧の極北の思考に通うものでもあった。

それが二〇〇〇年前後あたりの、和田の精神的危機と関係あるのかどうかわからない。先の老親のものとはちがう、私がそこに苦しげな鉤裂きの形であらわれた「希望の雛形」を認めた彼の絵と会ったのもその頃だ。彼はすでに教職を辞していた。その翌年か翌々年の個展で彼の絵に出会ったとき、彼の表情とともにその作品の変貌ぶりに驚いた。表情、作品ともに、そこにはすでに「黄金の傷」は痕跡を残していなかったのだ。代わりにあったのは、それまでの「野の意味」では偶然の技量としか私には映らなかった、マチエールというものの実に豊かな展開である。

それまでは厚塗りではあってもあくまで色彩でしかなかったものが、何層にも凹凸を組み、滲み、ひびわれ、崩落する寸前で止められる。その「止め」があまりに「作為を装った偶然」の域に達しているので、どんなに堅牢に厚塗りされていた部分でも、むしろいつかは土に帰るものとしての無常と安寧を露わにしているのだ。色そのものはアースカラーに近づき、マチエールと相俟《あいま》って、そこに私は紅志野《べにしの》の、黄瀬戸《きせと》の、織部《おりべ》の（焼き物には必ずつきまとう）下司《げす》な肉感を脱いだ色っぽさを認めざるを得ない。ハレとケでいえば、アジアのケにあたるこれらの無時間が、あのけんらんたる曼荼羅みたいな「花々の過失」の荘厳に繋がる理由が、私には何となくわかる気がする。

「希望の雛形」シリーズは葉書大と書いたが、じっさいその「カンバス」は彼のところに厖大にストックされた個展案内の絵葉書にほかならず、そこに下の印刷が見えないまでに厚塗りされたり、またわざと下の活字を見せるように薄塗りされた紙面に、ふわふわ浮いてゆく気球みたいなのやオムライスみたいなのや、一筆書きの禅画みたいなオッパイ形が無尽蔵に、そして精密に「書き殴られて」いる。この乳房形が仏教的な意味での、慈しみ、苦を抜く「悲」にあたるものだとしたら、和田彰や大勢の人々がいとなむ介護とは、その「悲」の雛形を維持するための粛々とした営為に似ている。彼じしんじっさい心身がよれよれになるくらい大変らしいが、あるとき親に向かって紙に「希望の雛形」と書いて示したところ、そんなはずはあり得ないのだが、御母堂は「きぼうのひながた」とはっきり口に出して仰有ったそうだ。このことは今の世界のなかでまことに鋭利な出来事で、たとえ強弁と言われようとも、これは最低限、和田のモチーフの出発点の在処《ありか》を示すものといえよう。思えば今回の個展で見た、メイド・イン・チャイナのチープな枠に納まった二十数点の、金獅子を思わせる筆勢を含む連作のひとつひとつは、龕《がん》のなかでしんかんと嬉遊している、なんだか新しい仏画のような気がしてならない。

あはれみし乳房のこともわすれけり我がかなしみの苦のみおぼえて

（西行『聞書集』のうち「地獄絵を見て」より）

III

ミシャ・メンゲルベルクの音

横濱ジャズプロムナードに行く

二〇〇三年のことしの横濱ジャズプロムナードの初日（十月十一日）は、赤レンガ倉庫のホールでミシャ・メンゲルベルクと豊住芳三郎のデュオの、なんと言ったらいいのか、まあ、インプロヴィゼイションとプログラムには範疇分けされている演奏を聴いた。メンゲルベルクは約四十年前の、エリック・ドルフィーさいごのアルバム『ラスト・デイト』における印象的、というよりはその鮮烈さでもって私などがヨーロッパのジャズピアノ・スタイルというもののある側面を否応なく認識させせられたピアニストだけれども、ドルフィーと共演したそのとき彼が二十九歳であったことを、ふつつかながら今回初めて知った。ふつつかついでに申せば、デュオの相方の豊住芳三郎というひとのプロフィル、略歴など、これも初めて知るところとなったのは甚だしい不徳の致すところではある。

『ラスト・デイト』を知ったのは、あれは、私が十八、九の頃だから、アルバム収録のリアルタイムからすればたかだかその七、八年後にすぎない。当時のことはちっともなつかしくないが、東京や京都や金沢の街のあちこちで、フリーやらフュージョンやらの音が鳴っていて、その音の極端な不快さに堪えていたりあるいは逆に脳天を突き抜けるような痙攣的な快感に見舞われたりしたけれど、セシル・テイラーや当時のチック・コリアなどとは異なった、私に言わせれば韜晦をふくんだ透明感とも言うべきものをメンゲルベルクに感じたのは事実で、それは極端な不快さや痙攣的な快感とははっきり違っていた。それはなにも、このアルバムにおいて高名な「YOU DON'T KNOW WHAT LOVE IS」における、天上からやって来るかのような冷酷さ、かぎりなく明晰な酩酊、みたいなピアニズムに収まりきれるものでないことを、ことし、あの場所で確認できたのはなによりも私にとって幸いだった。

メンゲルベルクのポートレートを一葉だに目にしていない私にしても、初めて見たその風貌は意外だった。上体のいかつい白猿という印象だが、一目よれよれの老人と言ってよく、手にストローを挿したジュースのパックとミネラル水のペットボトルを持ち、巨顔のせいか装着すると極端に小さく見える風邪用のマスクを顎にひっかけた姿は、六十八歳とは聞いたが、同年代のニッポンのおじさん、おばさんたちと比べてみても、頽齢という言葉が浮かんできて仕方がない。登場して最初、駅で配られたとおぼしきティッシュほか、手にしたものを用意されたグランドピアノ上のどこそこかに置こうとして果たせず、けっきょく足許の舞台板上にゆらゆらと立てて、それからいきなりはじまったインプロヴィゼイションという名の音楽、そして音楽という名の無私の祝福はわれわれを幸せにした。

『ラスト・デイト』の印象が強いせいか、（またプログラムを精査していなかったこともあって）恐らくはピアノがメインであるはずにもかかわらず、ほかに楽器はドラムスがあるだけで、最低は存在するはずのベースがないのはなぜなのかとふと思ったりしたが、はじまった演奏そのものの導きによって疑問は氷解した。ベースに意味がないのだ。デュオというのは正確ではなく、これはコラボレーションと言った方がよい。決められた一定の調性もなく、ベースによって支えられるべき決まったリズムもない。ドラムスが（のちにピアニストも）いろんな、まあ、パフォーマンスに類することをおこなうけれど、それは、あたりまえだが視覚的肉体的表現ではない。私が目撃もふくめてそこで立ち会ったのはあくまでも音の顕現である。いま調性もリズムもないと言ったが、それは「決められた」それらがないということであって、音楽の専門家がよく口にする「まとまりのない音」、往々にしてフリーや前衛がそれと誤解されがちな非・音楽とは異なる。一音一音、また響きあう音の塊から塊への繋がりには微妙な連続と快活な非連続とが存在し、生演奏でしか感じられないおどろくほど鮮明な音の強弱は、この場で鳴らしている彼らが凡庸でないステージに達していることをうかがわせた（弱音がときに耳を聾するばかりに聞こえることがある、ということからも明らかなように）。

豊住芳三郎の音も愉しかったが、メンゲルベルクのピアノはさまざまな色彩と絵柄を展げたつづれ織りのようで、とりわけて愉しかった。そこには、海の底に沈んだ寺から鳴り響いて来るみたいな重厚な鐘の音や、子供たちが樅の木を伐りに行く冬至あるいは新年の唄声や、伽藍にたちのぼる祈りの声、アフリカ系アメリカ人の木綿畑や娼館での物憂いあるいは軽快な声、大洋を渡る奴隷船の銅鑼の音、深夜のアムステルダムのシガーと霧の匂いといったものの存在を私は感じた。つまりこの世のじつに賑やかで多彩なことどもが夢のように浮かんでは消えるのであって、私たちの目が聴いているのは舞台上の、十月の陰影にみちたプレイヤーが発する音の数々の現象ではあっても、同時に耳が見ているのはほんとうは亡んでは生起する前の千年、次の千年のきらびやかな中空の軍勢たちだったような気がする。

演奏の頂点でピアノから離れて立ち上がり、聴衆にむかって咆哮の声をあげたピアニストは、舞台が終わる去り際にふたたびよろよろとティッシュペーパーやペットボトルをかき集め、去ってゆく後ろ姿の右手指をたかだかとあげて、剽軽な天使みたいにガーゼのマスクをくるくると回しながら消えた。さいきん思うのだが、次のごときは、ある希望の言葉として読まれるべきだと、私は考えるのである。

音楽は演奏とともに中空に消え去ってしまい、二度とそれを取り戻すことは出来ない。

（エリック・ドルフィーによる『ラスト・デイト』録音中さいごの発言）

寂寞のなかでめしを食ふ

鎌倉薪能リポート

このあいだ、鎌倉二階堂在の畏友から、以下のような便りを貰った。十月九日に大塔宮に奉納される（た）能狂言についてのもので、一部を引く。旧仮名調の戯文である。

けふは雨模様ですね。／薪能は毎年十月八日、九日に開催されますが、例年、どちらかが雨のことが多く、昨年は小生の行く予定だつたはうが中止でした。翌日、我が家まで鼓の音が聞こへてきて、寂寞のなかでめしを食つた事を思ひだしました。今年はだうでせうかね。

じつをいえばこの人のおかげで、初めて本格的な形式による能の興行を見ることができたのである。その、彼の差配になる手に入れづらいというチケットのせいばかりではなくて、何を措いても見に行かなくてはならないという気にさせられたのは、この一通のメールの寂寞《せきばく》に目を通したためと言っても過言ではない。

ものを寂しむ、というのは、現代人が感じる寂しさ、悲しさとはちょっと異なった、感情というよりは世界に対する態度ともいうべきものであって、私の父親くらいまでの年代（明治末年生まれ）の感受性を限りに、大正生まれあたりともなるともう違ってくるようだ。たとえば釈迢空《しゃくちょうくう》の詠草の「かそけさ（き）」などは、個人的な感情とはとても思われないし、芭蕉の、その生涯のうちに詠んだ、ヴァリアントを入れれば十二句前後まで確認できる「寂しさ、淋し」の語をふくむ発句などは、近代的な「寂しさ」の意味合いではとうてい詩になりえていないのである。

これらは、季語として定着したのは大正以後であるという説もある「端居《はしい》」が、なぜ夏の詩の言葉であるのか、ということとも通底する問題とも思われるけれど（「端居してたゞ居る父の恐ろしき　素十」や「端居せるほとりみづみづしく故人　赤松蕙子」等の作例）、誤解もされるかもしれないが、大雑把に言ってものを寂しむというのは、まるで悲しむごとく楽しむがごとく、現象とその彼方のものについて直接、惻々《そくそく》と味わい交感する態度なのではないか。夕闇が覆いかぶさる大塔宮の境内、私鉄会社のバスのバックする音も交え、虫の声を地謡のようにした開演前のざわめきにつつまれて、しきりにそんなことを考えた。

　古式ゆかしくとか古式に則って、とよく言われるけれど、能狂言が、ひいては芸能というものが神事にほかならないということを、これほど強烈に押し出した舞台を見たことがない。この儀礼（といってよい）には、正奉行と副奉行がいて奉納を取り仕切るといった恰好だが、この日の正奉行が江ノ電の社長さんで副奉行が地元の商工会議所の副会頭氏というのも、往昔の地頭や県主や遥かにムラのオサなどを思わせて愉しい。いや、これら奉行の役職を現代に比定すれば、彼ら以外には考えることがむつかしかったに違いない。

　プログラムをざっと眺めて、以下のような式次第に（例年のことであるのかどうか私は知らない）、上演され鑑賞される演劇としてはただならぬものを覚える。修祓《しゅうふつ》（軽く黙礼を、とのアナウンスがある）、鎌倉宮宮司による本殿における祝詞、素謡《すうたい》による翁《おきな》（小袖肩衣《かたぎぬ》袴姿の能楽師の衆がどうどうたらりと謡う）、衆徒（僧兵）五、六人による法螺貝の奏と（やや後に）「これより、神域のうちに人も魔も入ること許さじ」という意味らしい宣言および沈黙裡の社殿前の衆徒整列、篝《かがり》への火入れ式（本殿の最奥の場所から、宮司と巫女の手で運ばれてくる火がちろちろちろと隠見する）、これより奉納をはじめるという意の宣言である僉義《せんぎ》、能高砂《たかさご》、神酒賜わりの儀、休憩をはさみ、狂言宝《たから》の槌《つち》、能羽衣《はごろも》、さいごの附祝言《つけしゅうげん》の素謡……という進行を見ても、これが非業の神に向けた限りなく高い位の捧げ物《サクリファイス》であることがわかる。

　舞台は舞殿といったものではなく、恐らくは仮設舞台に近いものであろうが、四隅にたかだかと笹竹が立てられて、これがいかずちみたいに天から来るものを感受する仕掛けとなっているいっぽう、舞台下の篝火は儀礼のあいだじゅう火と火の粉、その爆ぜる音と煙、などをあげつづけていたけれど、この嘱目と音、匂いと目を燻す刺激は、もう二十五、六年前になるだろうか、奥三河の花祭を夜っぴて見通したそのときの焚火のことを思い起こさせた。あれは暖を取るためのものであると同時に、朝が来るまでヒトが全力で捧げ狂うスピリッツの源泉でありつつ、夜通し盛りつづけ躍りつづけているなにものかなのであって、私は鎌倉薪能の篝火にそれと同質のものを感じた。火が消えかければ、そこへヒトが薪をくべ足すのである。

余人の目に触れさせない厳重な儀式でないとすれば、神事としての芸能儀礼が屋外、というか、いわば非・室内で執り行われるのは自然なことと思われる。いつか、はるかむかしだが、九段会館のホールに集められ演じられた舞台上の南宮大社のダンジリその他、いろいろな儀礼、芸能を見て、それらがやっぱり生きているとは言いがたいという感を深くしたのもこのことと関係がある。というのも、さまざまな音や匂い、光と影など、まったくの屋外とは限らないが、その土地固有の時の移ろいや外気の接近があらわななかでしか、じつはヒトの五感は鋭くされないのではないか。「ちからをもいれずして、あめつちをうごかし、めに見えぬおに神をもあはれとおもはせ」（古今和歌集仮名序）は、歌の、詩の、つまり言葉というもののそこから拠ってきたる、ほんとうのことを言えば恐るべき世界の性格を如実に示しているが、それは私が花祭や今回の薪能に臨場したおりの感覚と、無関係なものではないと思う。

舞台に相対するわれわれの席から見て右手、東の方、社の森ごしにすこし強い、いうなればナイターのナトリウム光程度の照明、というか外灯があると思った。能「高砂」がはじまったあたりのときのことである。シテ方は高橋汎という人だそうで、謡曲はテレビで正月などに何度か、十数年前に、日比谷公園の近くで灯油の臭いのする薪能を見ながら酒を飲んでいたら、いつしか寝入ってしまっていたことが一度、若い頃の花伝書の片齧り、というはなはだお寒い眼力で、それを「鑑賞」するなどまるで出来ないのだけれど、音楽やダンス、言葉好きのいわば裸眼に映じた神曲には、新鮮で崇高な喜ばしさを覚えた。舞台は進み、村瀬純という人が務める神官のワキ方、でも、固有名詞はもう意味がない（これは褒め言葉）その人が、やがて住《すみ》吉《のえ》に船出とてワキツレとともに、「月もろともに出で潮の、波の淡路の島影や」と、和し高潮するところで、ふと右手上にあるものが気になってそちらの方を仰いだら、ちょうど遥かに高く、鋭いエッジを有した円い月が現実の夜空に懸かっていて、あの繁みごしにぎらぎらしていたナイター照明みたいな光の正体がそれだったことを知った。鎌倉の薪能は五年ほど前から十三夜に日程を合わせたらしいが（以前は秋彼岸あたり）、それを考えに入れても、芸能が神事にほかならないことを痛感した瞬間である。

当然、舞台はなまなかな芸ではつとまるはずもないと思うけれど、ある一線を踰《こ》えれば、その技術や芸や人品などはもうどうでもよくて、芸を鑑賞しているのだかヒトの動きをしたなにものかの降臨に酔っているのだかわからなくなる。その酔い心地の如何《いかん》は、ひとえに芸や技術の洗練に懸かっているのでは、断じてない。問われるべきは思いの深度であり、当然要求されてくる鎌倉薪能のようなレヴェルの高さは高さとして、これを吟醸酒みたいなものだとすれば、花祭や東京板橋の田遊神事等のごときを強烈な濁酒にたとえて、それら相互、けっして優劣や甲乙をつけられたものではないと考える。酒飲みでなくてもわかる話ではないか。芸や技術が、芸や技術それ自体を目的とするものではないことは、科学や芸術や宗教が自分自身を目的とするに至ったときに度しがたい頽廃をはらむことと事情は通じている。この構文に、「人間」の一語を加えてもいいとさえ、私は思う。じっさいこのごろの人間は、自分自身に悪酔いしているように観じられるのは、私のなにか大きな誤解と思いたいけれど。

話が逸れた。休憩をはさみ、狂言は「宝の槌」で、音楽みたいに殷々とひびくシテやアドのはがねのような所作と声音は、むしろ謡曲よりも舞台を非現実的なものに見せていたが、この感じは、狂言師が呼び起こす客席の現実の哄笑に、別の、もうひとつの高い哄笑が喉歌《ホーミー》のように加わり共鳴して（私には）聞こえたことも、おおいに関係している。くさむらや木の陰や社の裏に存在する、いわば非存在の響動《とよみ》に触れる思いがしたのである。まえの「高砂」やこれや、またつづく「羽衣」など、正月や婚礼などに関係の深い、巍々たる神性を備えた演目を大塔宮に奉納するというのは、まったくいろんなことを考えさせられて、ほとほと感心する。

例年のことだそうだが、薪能のはてた鎌倉の夜はふるえあがるほど寒い。去年、寂寞《せきばく》のなかでめしを食った人は、ものを寂しむかのごときもうひとつの淡い、なにかヒトならぬ人影めいた幻を身に添わせながら、われわれ飲み助の夫婦を引き連れ、入った看板前の小町の居酒屋で熱燗の大徳利を気ぜわしげに注文した。「ゆかちゃん、熱いの、すぐにね。」

現前ということ

続鎌倉薪能リポート

平成十七年の鎌倉薪能は、有料化されてから初めての前年と同じく荒天のため中止かとの懸念もあったけれど、十月八日九日の両日、無事催行された。私の行ったのは初日の八日で、東日本の沖にはまだ熱帯低気圧がさまよっており、ときおり走る黒雲に雨粒がばらつき、社殿の背後の山を、物凄、とでも形容すべき風の塊が覆って、無数の木の葉木の枝を戦慄させていた。空気は生暖かく、能がはてたあとにはふるえあがる寒さの例年のようでは、とてものことでは、ない。じっさい風が強いので、火入れ式のときなど巫女の衣装に炎が燃え移らないかとはらはらしたほどだ。

ことしの演目は能井筒《いづつ》、狂言柑子《こうじ》、能是《ぜ》（善）界《がい》。鎌倉薪能の性格として考えるのなら、井筒はむろん名曲だが、むしろ「文学」としては他愛ない是界の方に私の関心は限りなく引き寄せられた。

繰り返すが是界自体の筋は他愛ない。唐土の天狗の頭目、是界坊がかの地の慢心の輩は大方わがものとしてしまったので、こんどは日本に渡り、この地の慢心の輩を愛宕山の日本の天狗、太郎坊の案内のもとにみんなわがものとしてやろうとて、都でさまざまな禍事《まがごと》を為すうち、比叡の大僧正との法力合戦に敗れて再び唐土に帰って行く、というもの。

こう書いてゆくとなんでもないようだが、絶えず風という名の透明な暗闇がうごいている裏山や、篝火、大きく揺れる四隅の笹竹のあいだに現れている仮面のわざおぎの声や挙措は、ちょっとばかり人間のフィルターを透して別のモノを見ているような気にさせられるのだ。われわれが舞台上に見ているものは、マッチの登録商標のような存在にまで零落し通俗化した天狗のイメージではなく、オオベシミ面の異形を通して示された、いま現前している鬼神としての天狗そのものなのである。わざおぎが放つその魂魄そのものに似たことば、こわねのつらなりは本来の意味の他に、倍音のようにもうひとつの意味が重なって聞こえるように私には思われた。例えばこんなところ、冒頭近くだが。

これは大唐の天狗の首領是界坊にて候。さてもわが国において。育王山清涼寺。般若台に至るまで。少しも慢心の輩をば。みなわが道に誘引せずと言う事なし。まことや日本は。

小国なれども神国として。仏法今に盛んなるよし承り及びて候ほどに。急ぎ日本に渡り。仏法をも妨げばやと存じ候。

たくらみの開陳であると同時に、「日本」にたいすることほぎという倍音も聞こえてくるのである。妨げるべき「仏法」というわざおぎの発声、わが道に誘引したもろもろの慢心の輩のいるべき「育王山清涼寺、般若台」ということば自体のめでたさともいうべきものが伝わってくるのである。次のくだりなど、是界坊によるほとんど心に沁みいるような大八洲《おおやしま》讃歌ではないか。

名にしおう豊芦原の国つ神。豊芦原の国つ神。青海原にさしおろす。天のみ矛の露なれや。秋つ嶋根の朝ぼらけ。そなたもしるく浮かむ日の。神のみ国はこれかとよ。神のみ国はこれかとよ。

そしてこれらをはっきりと言挙げしたうえで、筋のなかでいわゆる悪さといわれるものを型どおり行い（しかし、その、超自然的な威力はすさまじい雰囲気を持っている）、いわば、型どおり調伏《ちょうぶく》せられる（その調伏の威力も恐るべきものがある）。その間に、いわばより神的な高さを有した後ジテが登場し、ことばではなく「働」といわれる、所作に近いより動的な舞が劇の中心となって行く。

舞台の上のこれらの所作を見てつくづく感じたのは、足を踏み鳴らし、頸《くび》を曲げ、体を南北にする、是界の悪、禍事の強さとしての所作の強さがそのままことほぎの高さになっているということだ。是界のような場合、そして大塔宮に奉納する鎌倉薪能のような性格の奉納舞の場合、聖なるものに悪をぶつけることは少しも忌むことではないというのは、よくよく考えてみるべき問題だ。忌むどころか、聖なるものの生き生きとした賦活《ふかつ》に、それはしばしば繋がっている。悪の強さが、すべてsaintの高さへと変換させられているのである。言ってみれば是界坊の破壊力が強力であればあるほど、仏法は、日本は、いやそうではない、いまこの舞台に臨場しているあなたや私やのすべてのみんなは、同じだけ強力なにものかのパワーのうちに保証されている感じがする。能が屋外で催されなくなってからも、昔人がさまざまな荒唐な仮面のむこうに何を見ていたか、感じていたか、なんとなくわかるような気がした。

ここからちょっと別の話になる。是界坊が法力に負けたのは「比叡の大僧正」ということだが（天台山《てんだいさん》という言い方もしていた）、これを延暦寺のそれと考えていいのだろうか。そう考えるしかないが、というのも、ここ鎌倉宮に祀られている大塔宮護良親王はいちど落飾《らくしょく》されていて、ひとたびは天台座主《てんだいざす》でもあった方であるからだ。まあ、すぐに還俗《げんぞく》されて父帝の挙兵に加わったのではあるが。奉納演目はそのことも考慮に入れていたのだろうか。

おもしろいのは、繰り返すようだけれど、廃仏毀釈の急先鋒みたいな存在にちょっと見には見えるこの鎌倉宮の神様が、本当はいやいやだったかどうかは知らないが、もともとは天台座主にほかならず、そこに奉納された能が唯一の家や国家神道だったら目をむくような内容の、神仏混淆のめでたいものだということだ。いずれにせよ伝統的なものは、そのつづいてきた時間の層が厚ければ厚いほど先鋭化することを避けなければならない。靖国などたかだか百年余の時間しか閲していないのに、あたかも歴史の古層を鋭利に気取っている。鎌倉宮を建立したのは明治天皇だが、維新のエネルギーがいかに南朝追慕に発するものだとしても、周囲がどんなに足掻いたって、明治天皇おんみずからは「朝敵」足利尊氏の意を汲んだ持明院統《じみょういんとう》の流れを引かれておられる事実は厳然として動かしがたい。

ともあれ、護良親王も含む大覚寺統《だいかくじとう》の南朝が四代で絶えたことも、これまた動かしがたい事実で、けれどこれをわれわれ日本人は王朝が替わったというふうには考えない。天台座主やほかの住持や色んな門跡寺《もんぜきでら》の法親王《ほっしんのう》など、日本の寺社には王統に関係の深いさまざまがおわしますわけで、そんななかの「ウチの宮様」に捧げた「天台座主」の出てくる演目、ことしの鎌倉薪能是界にはそういう一面も、或いはあったのではないか。

劇的なるものをめぐって

妹背山婦女庭訓妹山背山の段

平成十六年五月の国立劇場小劇場は住大夫と玉男、簑助らによる『妹背山婦女庭訓《いもせやまおんなていきん》』だったが、通しのチケットはとうとう手に入らなかった。第一部だけでも見られたのは、けれど幸運なことだと見終わってからつくづく思った。千穐楽《せんしゅうらく》の日に行った。

文楽を生で見るのは初めての経験だが、その独特な時間を通じていろいろなことを考えさせられた（むろん、上演の最中には考え事などしなかったけれど）。指定された席につくと、そこは通常の劇場とおんなじで、少し違ったのは舞台の左右の袖（というのか）に設《しつら》えられ張り出した太夫と太棹の座である。それは回転式になっており、まるで疾風《はやて》のように太夫と太棹は出現し、あるいは没し去るのである。座の両端には紡錘形の小さな電球による照明があるが、あきらかにそれはかつての百目蠟燭の炎を模したと思しきもので、往昔の文楽座の闇と光を偲ばせるが、本番の前、柝《き》を打ち口上を述べる黒子の存在とともに、一種の祝祭の空間をわれわれにまざまざと期待させるものだ。

私が見た『婦女庭訓』の第一部は、初段「小松原の段」「蝦夷子館の段」、二段目「猿沢池の段」、三段目「太宰館の段」「妹山背山《いもやませやま》の段」で、通しでやる本来の二段目は、「猿沢池」のほかに「鹿殺し」「掛乞」「万歳」「芝六忠義」とあるのだが、もっとも脂の乗った三段目が第一部に組み込まれているのは、通しで見られない客にとっては得なことで、通しの券を買った人々には構成上やや損、といったところか。けれどいっしょに見ていた私の妻などは、本気で人形の蘇我入鹿《そがのいるか》を憎んでいて、この巨大な悪が亡ぶさいごの「入鹿誅伐の段」まで見とどけたかったと、あとあとまで未練気であったが。

物語は大化改新に題材をとったいわば時代狂言であり、ストーリーの中心は蘇我蝦夷子《そがのえみし》の専横にはじまり、入鹿という赫奕《かくやく》たる悪の出現、さまざまな男女がたどる非命、そして藤原鎌足らによって為される革命で入鹿の滅亡に至るまでを追った厳粛な悲劇といえる。よくギリシャ的な意味での叙事詩や悲劇はこのニッポンには存在しないと、かつて繰り返し指摘されてきたものだが私はそうは思わない。この点については後述する。

いま時代物と言ったが、九代目市川団十郎以来、新国劇や築地小劇場の新劇を経てやがてNHKの大河ドラマに流れ込むごとき系譜を有する、時代考証も含めた近代劇を見慣れた眼からすると、この江戸期の演劇にはずいぶんヘンなところがあるのは誰人も認めるところであろう。衣装や背景となる館の造りが江戸のころのそれにほかならないことは今さらでもないけれど、藤原の淡海公《たんかいこう》不比等《ふひと》がいくら上の勘気を蒙ったからとて、編笠黒繻子《あみがさくろじゅす》の衣紋《えもん》に大小の刀をぶちこんだ、糸鬢頭《いとびんあたま》の浪人姿で万乗の君のまえにひれ伏したり、孔孟の教えが世におこなわれる以前であるはずにも拘らず、君に忠たれば親に孝ならずといった思想が開陳されたり、またドラマの前提となるしきたりや道具のことごとくが近松半二の時代に同じであるといった、近代的な範疇での「不自然さ」を、言い立てはじめればきりがない。しかし私の考えるところ、極論すればそれらは書割にすぎない。それらのひとつひとつを、「不自然」ではないけれど、それ自体時代的な限界のある考証の光を当てたものに還元することによって得られる「真実」に、いかほどの意味があるのか。価値があるのか。ひとつの舞台が成立するためには、それこそ舞台板が要り、ホリゾントが要り、照明、音楽があったうえで、男役や女役がある衣装を着け、何語かの言語を喋り、そのときの道徳や非常識やの交錯ともつれ合いのすえに、粛然と現れ出てくるところの「劇的なるもの」こそがもとめられているのであって、余のもののすべては、もっとも軽い意味での書割にすぎなくていい。

　このことは、例えば登場人物の背景にある木ということをあらわす、というか、わからせるために、一刷毛の緑だけで舞台劇のなかでは事足りることを考えてみると納得がゆくのではないか。これは芸術絵画の表現における「木ということをあらわすための一刷毛の緑」とはあきらかに異なる。用にたつならば、それは精巧であろうと稚拙であろうとまったく関係ない。効果それ自体である仮象。同じことは、劇のなかでは、それが物語の基本である史的ストーリーを大本でねじ曲げてさえいなければ、背景の木のように、道徳や言語や、それどころか事実でさえ（例えば天智帝が眼疾であるために蘇我氏の専横を招いたといった）、変更可能、取り替え可能な、儚くてしかも必須な書割でかまわないという現実のうちにもあらわれているのではないか。言うまでもないけれど、歴史的事実の絵解きとして劇があるのではなく、「劇的なるもの」が歴史という書割を透して出現するところに、むしろ時間を超えて迫りくる始源的な神話のようなものの存在が感じられることが重要なのだ。一幕が終われば前の舞台を解体し、大急ぎで次の舞台に備えなければならない。幕間に下ろされた緞帳《どんちょう》の向うから聞こえる、道具方のトントンという釘を打つ音、緞帳の布を通した角材や板と思しき出っ張りの動きを眺めながら、人生もかくのごときかと、ふとシェイクスピアの「世界はひとつの劇場である」という言葉が理解できるような気がした。世界のおおかたのものは畢竟《ひっきょう》書割にほかならないのではないか。

　ところで、『婦女庭訓』第一部の、というか通しで見る場合にも言えるかも知れないが、何と言っても中心は「妹山背山の段」である。ヒーロー・ヒロインは若い方が久我之助（こがのすけ、カシラ・若男）と雛鳥（ひなどり、カシラ・娘）で、それぞれの親が大判事清澄（だいはんじきよずみ、カシラ・鬼一）と太宰少弐後室定高（だざいのしょうにこうしつさだか、カシラ・老女方）となっている。ここで前段までの最低限のあらすじを述べておかなくては話が進まないだろう。

大判事の家と定高の家は接し合う領地をめぐってかねてから犬猿の仲である。しかるに「小松原の段」で、大判事の嫡子・久我之助と、定高の女《むすめ》・雛鳥は初めて知り合い、互いに惹かれあう。久我之助は天智帝の后妃・采女《うねめ》の傅《かしず》き役であるが、蘇我氏の専横から禁裏を抜け出た采女を匿い、彼女が猿沢池に入水したことにして人知れぬ方に落とす。やがて父・蝦夷子、妻・めどの方、舅・中納言行主の死を弊履《へいり》のように打ち棄てて大悪の本性をあらわした蘇我入鹿は、天智帝を追って皇位を奪い、久我之助の父・大判事と太宰家の定高に迫って忠誠を誓わせる。入鹿は大判事家の久我之助に対しては采女を匿っているのではないか、また定高に対してはその久我之助と雛鳥をめあわせ、両家一致して自分に謀叛《むほん》を企てているのではないかとの疑いを抱いている。ここから先が妹山背山の段。

久我之助は（表向きは）父の勘気を蒙って領地である紀伊の背山の館に籠もり、読経三昧の日々を送っている。間に吉野川の急流をはさんで対岸の、大和国妹山の館には雛鳥が久我之助を追って出養生に来ていて、折しも雛祭りをいとなんでいる。このとき雛鳥側では腰元連中も交えて、男雛と女雛を久我之助と雛鳥になずらえた、のちの伏線ともなるじつに多義的な屈折にかがやく詞華の文様が織りなされるのだけれど、ややあって急流の両岸からお互いを認めた久我之助と雛鳥の意思の疎通があり、ここで雛鳥の人形はまことに「娘らしい」しなしなとしたリアルな所作を見せる。「たとへ未来の父様にご勘当受けるとも、わしやお前の女房ぢや。とても叶はぬ浮世なら法度を破つてこの川の、早瀬の波も厭ふまじ」と、彼女が川に飛び込もうとする瞬時に腰元たちが止めに入るのだが、そのときわっと動くのは人形役割と黒子を含め

五、六人もいるのだけれど、私の目に見えたのは人形を操って押し出す人間たちというより、飛び込もうとする人形の魂魄のすさまじいパワーに引きずられ、はや世界の外へ拉し去られんばかりの男たちの姿であった。誰かが浄瑠璃は人形の人間化であると言ったが、そんななまやさしいものではない。あくまでも人形であることの凄みが浄瑠璃の粟立《あわだ》つまでの味わいであり、それの持つ独自のリアルさであると言ってよい。

やがて妹山では定高、背山では大判事の登場となる。当然、妹山背山の若い二人を抜きにして物語は進まないのだけれど、このドラマのリアリティと悲劇性をいやがうえにも高めているのは、この老いた親たちと彼らが縛られている義理と情、私に言わせれば妹背山というコスモスを覆うほとんど人間の理解を超えた理法、のようなものである。

大判事は定高にこう言い放つ。以下プログラムの解説。「大判事は、久我之助が入鹿の命令に背くなら首を討つだけ、と気強く構え、定高に向かい、この重大な事態にうろたえた捌きをなさるな、と皮肉を言う。定高は、入鹿の命令に従い間違いなく雛鳥を入内させる、娘が不承知であるなら、太宰の家を守るため、立派に成敗してみせる、と応じる。」

こう表向きの意地の張り合いを見せたあと、定高は館にいる雛鳥の心中を察して娘に「じつは」と語り出す。「親の許さぬ言ひ交はし、徒《いたづら》はしかつて返らず。一旦思ひ初めた男、いつまでも立て通すが女の操。『破りや』とは云はぬが、貞女の立てやうがありさうなもの。とつくりとよう思案しや。」そしてこうそっと付け加える。「今そなたの心次第で、当時入鹿大臣の深《み》山颪《やまおろし》に吹き散らされ、久我之助は腹を切らねばならぬぞや。雛鳥と縁を切つて入鹿様へ降参すれば、清舟も命を助かる。」その「貞女の立てよう」とは、むしろ清舟久我之助を断念して酷薄無比な入鹿に靡くことだという、痛切な逆説が述べられる。そうして雛鳥は久我之助のため、自分にとっては却って苛酷なこの運命に従容《しょうよう》としたがうことを母に約す。

いっぽう背山では、久我之助が落としまいらせた后妃・釆女をめぐって、じつはこの計画のすべてが忠臣・藤原鎌足の遠謀で、久我之助はその手駒であったこと、そしてその久我之助を召し出せとの入鹿の命があることを、大判事は息子に告げる。入鹿は「久我之助が降参すれば命を助けてやる」と言うが、それは釣り寄せの言葉で本当のところ「拷問にかけけん謀りごと」であり、責め殺される苦しみよりは切腹させて釆女の詮議《せんぎ》の根を絶てば、帝にとりまた世にとっての大功であると切々と説く。そして若い久我之助も雛鳥と同じようにこの父の命に従容としてしたがう。

妹山では雛鳥が偽帝・入鹿へ入内《じゅだい》とて、娘風の島田からおすべらかしというかなんというのか、一種の高貴な風の下げ髪にかたちを変えて、母・定高の何くれとない愛おしみを受けているのだが、何かの拍子にものに触れたか、飾ってあった女雛の首がころりと落ちる。この符合の不思議さに、定高は驚きかつ観念して娘に明かす。「娘入内さすと云ふたは偽り、真つこのやうに首斬つて渡すのぢやわいなう」。雛鳥は「エエそんなら本々《ほんほん》に、貞女を立てさして下さりますか。」と喜ぶ。入鹿に嫁ぐくらいなら死ぬ覚悟という娘の心中を定高はかねてから察し、それでも入内をすすめたのは、いっぽうが死んだらもういっぽうも必ず死に遂げる、せめて一人は助けたかったのだと言って、次のように娘にかき口説く。「一旦得心したにして母が手づから解いた髪は下げ髪ぢやない、成敗のかき上げ髪、介錯の介錯の支度ぢやわいの。尊いも卑いも姫御前《ひめごぜ》の夫といふはたつたひとり。穢らわしい玉の輿、なんの母も嬉しかろ。祝言こそせね、心ばかりは久我之助が宿の妻と思ふて死にや、ヤ」

川を隔てては久我之助が九寸五分を腹に突き立て、こちらでは武家の妻・定高の長刀が、掌を合わせ目を伏せた雛鳥の首を一瞬のうちにはね上げる。順逆の思想、忠義の観念、愛別離苦の感情がないまぜられた彼方から、つまり、このすべて人間的なものの向こうから、絶対に逃れることの出来ない人智を超えた森厳な光が降りてくるようだ。この人智を超えたものの感じを、ソフォクレスやシェイクスピア劇を見たときの感じと重ね合わせてみることに、私はそれほど不自然も附会も覚えない。当時のこの劇の作者や演者や、もちろん観客も、この世界には宇宙には、理法というものが存在するということを信じていたに違いない。舞台のうえの濃密な小カオスに人々は怒り、笑い、嗟嘆《さたん》し、慟哭《どうこく》して、ずいぶんすっきりした顔で家に帰って行ったのだと思う。

鶴見の田祭り

私は初めて見に行ったのだが、平成十七年晩春の「鶴見田祭り神事」は晴天に恵まれた。若いころ調べていた、主に鶴見川流域に多数存在する杉山神社のひとつとして鶴見神社がいますのだけれど、そのとき（昭和五十四年）に手に入れた戸倉英太郎著『杉山神社考』によって、この社で（当時）かつて行われていた神禱歌《かむほぎうた》による神事のことを知った。明治初年に途絶し、それから昭和六十二年に復活し、毎年行われていることを迂闊《うかつ》にも知らなかったが、ことしようやく見る機会を得た。

『神社考』ならびに受付で頒布《はんぷ》していた神禱歌式次第によれば、もともと三島大社のそれに属する田遊び神事は、東海道を経由し中世末期には東京・板橋の赤塚・諏訪、徳丸・北野の両神社にまで伝播したのだが、東京の神事より早く、室町期にはここ鶴見の地に伝わったものらしい。『新編武蔵国風土記稿』には北条のころよりという言い伝えもあるらしいから、もっと溯るのかも知れない。板橋の両神社のものも私は見ているが、鶴見の神事の印象を大雑把に言えば板橋のそれよりも可成りに典雅・風流なものを感じる。その詞章にあまり極端な違いはないものの。

本殿における神事掛かりの修祓や歌合わせ、四隅に笹竹を立てた舞台上で、蟇目《ひきめ》役の重藤弓《しげとう》と雁股矢《かりまた》による鬼門・裏鬼門への降魔《ごうま》の矢掛などが執り行われたあと、神禱歌神事が始まる。演者は直垂《ひたたれ》姿の作大将《さくだいしょう》と同じく直垂の稲人《いなんど》、及び白っぽい法被《はっぴ》を羽織っただけの稲人連《いなんどづれ》十名がメインとなる。

まず田に見立てたヤッサイと呼ばれる、直径二メートルもない藁縄様のもので囲まれたエリアの周りを歌を歌いながら一周する。

練れ練れ練れや、わが前を練れよ
速《とう》練れ、袴のや、
素襖笠《すおうかさ》練れよ、世の中が吉ければ、
穂長《ほなが》の尉《じょう》も、参《まい》たり参たり。

次いで作大将が、神武天皇から始まり、三河の地名を交え、出雲大社、伊勢天照大神、関東守護三島大明神、等の御神田《ごしゅんでん》に鍬入れするとて、やがてこの杉山大明神の御神田に鍬入れをする、という詞章を唱え上げる。

次は作大将と稲人とのダイアローグである。作大将が稲人を呼び出すと、稲人は東西南北の四方向のそれぞれに向いて、合わせて「五千五万町の能きところ」に鍬入れをする。このとき「強《こわ》い御料《ごりょう》の臭いがぱっと」立つのだが、このことは「飯酒《いいざけ》」（新酒《にいざけ》？）に関連づけられている。作大将はこんどは稲人連にさらに三鍬打てと言う。三鍬打つ所作のあと稲人連一同「古酒《ふるざけ》」の臭いがぱっと立つと唱える。御料とは貴人の田畑、または荘園のごときもののことかと考えられるが、それが目出度い酒の匂いに満ちているというところが、その信仰も含め土地に対するネイティヴの独特の感覚がうかがわれて興味深い。あるいは土地（地神）への感覚ということでは、地面を打つ仕草の古代の踏歌《とうか》や反閇《へんばい》に通じるものがあるのかも知れない。

つづく春田打ちの歌謡はなんとも典雅・風流なもので聞きながらうっとりとなった。詞章は以下の如くである。

春田打つとてや　駒うち来たり
どぢやう　ちやくしてや　種俵つけよ
稲荷山をばや　暗くとも　速練《とう》れよ
燈油速焚《とうゆうとうたか》んや　此光でよ

奥山なるや　檜の木杉の木よ
と君はきつと世をや　譲り　姫松よ
来る来る来るや　白糸も繰るよ
遠来る男のや　悪《にく》からばこそよ
京から来るや　節黒の稲よ
速《とう》稲三把でや　米は八石よ

こういう歌が普通に行われていた遠い日を髣髴《ほうふつ》させるものだ。旋律は今様に通ずるのではないだろうか。詞章に関してはよくわからないところもあるけれど、奥三河の花祭のそれと共通するような「神歌」を感じさせる。まさに「神禱歌」の真骨頂である。春田打ちに駒、稲荷山の小暗さに灯しの光を呼び、常磐木《ときわぎ》の連想で姫松に世譲り、繰る白糸と遠く来る男の（それは「神」を待つ意でもあるか）、まるで梁塵秘抄や閑吟集みたいな恋の駆け引きの歌……など、これを単なる支配・被支配の封建的な構造と解しては、絶対に読み落としてしまう、例えば有史以前からとも云える重要なメッセージが存在すると思う。

次に苗代に代掻《しろか》きということで「牛」が登場するのだが、これを務めるのが猛々しい若者ではなく、いたいけない小童であるところが面白い。板橋の神事では村の構成員ともいえるりっぱなおとなが演じていたと記憶するが、角《つの》付きの紙で出来た面を翳《かざ》された少年たちの姿にはどこかしら犠牲（サクリファイス）を思わせる、儀式自体のまなざしが感じられるのだ。人身御

「早乙女の田植え」（冊子『再興十八周年　民族芸能　鶴見の田祭り』鶴見田祭り保存会より）

供とか人柱の言い伝えのさらに根幹に在ると思われる、痛みを伴う一種のイニシエーション（成人戒）の感覚と言おうか、その記憶の残存が隠見するのではないか。これは後にも登場する早乙女（ここではソートメと発音する）役の、これもやはりいたいけない少女たちにそそがれるまなざしにも共通すると、私には何となく感じられた。

　次いで「草敷」と呼ばれる所作と詞章が繰り広げられる。これは田の施肥を意味すると思われるが、三種類の目出度い草が田に敷かれる。すなわち「こがねの菜の花」「しろがねのニワトコ」そして「世の中の蘆草《よしくさ》」の三種。これを稲人連一同敷いたうえで「大足の来ぬほどに、小足踏みに踏もう」と歌う。大足小足とは何か、もともとどんな所作が原形になっているのかはわからないけれど、これも先に述べた地を踏む古い「撃壌《げきじょう》」の感じをまとっていることは確かであるように思う。

それから「種蒔」となるが、蒔かれる種は大明神の御神田から始まり、地頭殿の所、政所《まどころ》殿の所、大人たち、年寄たち、若殿ばら、御房（坊？）たち、女房たち、童部《わらんべ》（単なる児童ではなく、たとえば健児《こんでい》のような職掌を指すか？）たち、雑仕たち、定使《ぢょうず》たちと、次々にヒエラルキーと言えば言える階梯を上から下って、千石万石と蒔かれて行く。ここに先程も言った封建制の閉塞を考えるのは比較的容易だけれど、このような世がこのように嘉《よみ》せられているという一方の事実を、単なる「強権」や「奴隷的な心性」という理由で説明するのはとても不自然なことと最低でも言わざるを得ない。終わってしまった時世《ときよ》とはいえ、たしかに民草が幸福であったこのような数百年間、あるいは数千年は存在したのであり、それどころかここに却ってヒエラルキー成立以前、つまり国家や有史以前の面影さえ想像させるようすがあるような気がする。すなわちこの「種蒔」の箇所を読むに、大明神は別格としても、地頭殿から定使へと下ってゆく垂直的ヒエラルキーではなく、地頭殿から始まるとはいえ、定使まであますところなく包摂するというような祝福の水平的配置として、この一連の詞章の意義を認めることができる。区別や差別を形而上学的に抹殺するのではなく、区別や差別をその形のままいわば脱色すること。かつて世界は、われわれが今いる世界のごとき先鋭さから自由であったはずである。

たとえば列島と大陸の違いはあれ、『詩経』の国風の部における「弋《よく》して（カモと雁とを射て）言《ここ》に之に加《あ》てなば、子《きみ》のために之を宜しく（料理）せん。宜しくしてここに酒を飲み、子と偕《とも》に老いん」（女曰《じよえつ》鶏鳴篇）などありふれて、それでいて幸福な生活をはるかに望見するに、至福千年はけっしてゆめみられた非望などではない。「日出て作《な》し、日入りて息《やす》む。井をうがちて飲み、田を耕して食う。帝力われにおいて何か有らんや」といった鼓腹撃壌《こふくげきじょう》の世というものは、確かに存在したと私は思う。

このの ち、田植え、鳥追い、稲刈りと進んで、さいごの性的なカマケワザの大哄笑のうちに神事は終わるのだが、豊年祝いのところで稲人連の歌う歌が、いつの間にか暮れていた春の闇をまた深くするようであった。

上総の八幡《やわた》は　面白や
馬場にらち（埒）結って　駒くらで
櫛や召せ　針や召せ
しやかしのほそや召せ
ホーイホーイホーイ
鹿島田の　田畦《たいた》に　三つ居たる鵠《くぐい》が
四つ居たる鵠が　羽を揃えて
大明神へ　参《まいらん》せう　参せう
ホーイホーイホーイ
庭に萩を植えて　秋前栽《せんざい》

夏は涼むやうに
西へ指《さ》いた枝に　東に指いた枝に
中の林檎《りうご》の下り枝に　秋は乱れたり
ホーイホーイホーイ

神事の始まるまえ、四月の日が暮れなずむあたり、有志による舞楽などもおこなわれたが、神事のソートメよりは少し年かさか、中学生くらいの少女たちによる装束《そうぞく》をつけた薄化粧・直面《ひためん》の奉納舞は木訥ながら優美であった。本来の神事でもなく、また本来の神事自体もかつては小正月あたりに執行された形が正しいはずではあるが、この舞は舞として、いかにも春のものに似合わしいと観じられた。

暮れ行くやてづゝなれども春の舞　　　解酲子

＊詞章・式次第は鶴見田祭り保存会発行の小冊子『再興第十八周年　民俗芸能鶴見の田祭り』による。

荘厳ということ　声明に行く

声よき念仏《ねぶつ》藪をへだつる（芭蕉七部集「冬の日」より）

三月二日、上巳《じようし》のまえの寒い晩、真言声明《しようみよう》を聴きに、というか、見に、というべきか、ともあれそういったことの体験に属する時間を過ごしに、青山のスパイラルホールまで足を延ばした。

信仰生活とはほとんど縁がなくなった現代人のわれわれにとって、たとえば仏教なら仏教の、その側面を知るためにやれることといえば、子供時代の寺院での法事の記憶などの想起のほか、仏典や外典《げてん》を読み、また寺社の建築を眺め、仏像を仰ぎ、曼荼羅等の宗教画を見、せいぜい、誦経《ずきょう》を聴くことくらいしかないが（それだって十分すぎるほどの情報量かとも思うけれど）、信仰の芯というか、われわれの祖先がかつて嗅いでいたはずのその親昵《しんじつ》な匂いのようなものはなかなか窺い知れぬところがある。そういう意味で、この夜行われた「常楽会遺跡講《じょうらくえゆいせきこう》」という、儀式というより祭祀は、われわれの精神と物質の交替するあたりにつよくかかわって、断片の寄せ集めでない、木乃伊《ミイラ》のようによみがえるかつての信仰の時間を、ひとつの総合として経験させてくれるようだった。

いま精神と物質の交替するあたりと言ったが、それは経典にいう五根や六識の総合に相当するもので、眼耳鼻舌身とか色声香味触法の知覚とかいわれているが、私たちが会場に入ってまず眼にするものが、舞台の背後に高々と掲げられた彩り鮮やかな涅槃図《ねはんず》であり、舞台中央の祭壇に供養された華と燻かれた香の匂いであり、威儀正装した僧らによるところの声明という名の音楽および詩＝哲理であって（正確なところはわからないけれどおそらく、僧らが向き合うのは本来は如来ほか諸尊にあたるもののはずだが、コンサートのときは聴衆がその位置に見られているのだ）、それらの設えは感官への訴求そのものというよりは、そのとき感官自体もなにものか、より高いところへ引き上げられている象徴のような働きを持たされたみたいな気がする。荘厳《しょうごん》（impressive）という概念について、仕掛けというものをまるまる否定するつもりはないけれど、それはたんなる猫だましや目くらまし、極端にいえば薬物を用いる等の類ではないと思う。

日本の、鎌倉時代からこっちの新仏教になってからだいぶ事情は変わってきているとはいうものの、もともとシッダールタの教えというか考え方というのは、身体的なものを抜きにしては出来上がってはいない。ヒトがものを食べるとき、酒に酔うとき、鳥の叫びを聴き花の匂いを嗅いで季節を知り、錐《きり》や鑿《のみ》で千分の何ミリかの誤差を知り、風の味わいで荒天の接近を知るとき、つまり、ヒトがごくふつうの生活を営むことに関する、それは少し鋭くされた自覚であったのではないか。シッダールタと根を同じくする古代インド哲学のなかに「祭祀によって祭祀を焼《く》べる（それを脱却する、というほどの意か）」（『バガヴァッド・ギーター』第四章二十五節）という言葉があるが、真言声明における「荘厳すること」（荘厳されたものを含む）とはまさに、感官によって感官を焼べ、消却することにほかならない。あんなにも無を容れた仏教の考え方が、身体性というものへの（つまり、フィジカルなものへの）、深い、抜き差しならぬ自覚に基づいているというのも、考えてみれば不思議なことのようだが。

はなしは前後する。開演のブザーのあと、真言僧二十人ほどが、点綴《てんてい》するような、闇に鳴らされる鈴《りん》の音を導きに舞台上（壇上といった方が相応しいか）に登場する。背後に涅槃図が掛けられているのはさっき言ったとおりだが、面白いのは、観客から見て左の方へ鼻の先を向けて並んだ僧らは観客に正対するおり、涅槃図を真ん中に左半分の十人ほどは左から九十度回ってのち客席に向くのではなく（つまり涅槃図についにそっぽを向いたままでなく）、一度観客に背を向け、右回りに二百七十度ぐるっと回って、涅槃図に一度顔を向けてから客席に正対するのである。右半分の十人はしかし当然、左回りに客席に向いても「エホバの顔を避ける」ことにはならない。こういうディテールにも、この会の催しが半ば興行化しているとはいえ、その「如来唄《にょらいばい》」とか「釈迦散華《しゃかさんげ》」とか「梵音《ぼんのん》」とかの部立ての名称のものものしさから、ある種の興味を持つ人々が、たとえば舞踏（Butoh）を連想するようなパフォーマンスとは掛け違った、ひとつの根拠から発してくるフォルムの揺るぎなさがあるかと考える。

これが始まりであり、ここからさっき言った五根六識にうったえてくるひとつの総合が繰り広げられるのだが、それは次のような時間芸術に似ている。

文学であることよりも、まづ声楽であつたのである。更に多くは、単なる声楽たるに止らず、舞踊をも伴うて居たのである。又更に、ほんの芽生えではあるが、演劇的の要素をも持つて居り、後代になると、偶人劇としてある程度まで発達した形をすら顕して来る様にもなつた。類似の芸能の上に見ても、必奇術・曲芸の類の演技をも含んで居たことが思はれる。

これは声明についての論述ではない。折口信夫の「唱導文芸序説」の一節であり、折口はここで仏教的な唱導文学というよりは、仏教伝来以前の日本の芸能の方に論の力点を置いているのだが、しかしこの叙述を声明そのもののうえに重ねてみてもさしたる違和は感じない。私は芸術の発生について、断固として信仰起源説に与《くみ》するものだが、唱導文学やその一種たる声明が、たとえば音楽も舞踊もなんでもあるとはいっても、それは総合芸術の発達しきったかたちであるオペラなどとは当然違うのであって、なにものかへ向かってなされる讃歎に、身体を通したあらゆる表現の萌芽が含まれうるということに驚きがあるのだ。オペラだって、発達の極のいちばん美味な瞬間なんか、ある種洗練や純化とは反対にはたらく、なにか荒々しいベクトルみたいなものを感じるようだ。

　とはいうものの、やはり筆者の性《さが》として、興味の大半、集中力の大部分をついやしたのは音楽と言葉ではあった。

　声明の音は、面白い、と言っては語弊があろうが、いろんなことを考えさせられた。リズムの違いや高低差のあるのとないのと、さまざまであるが、音階《スケール》は基本的に同じだと思う。素人の私に種々の曲の区別をつけさせたのは、その種類によって雰囲気ががらっと変わったり、逆に同定できたりしたという意味で試薬みたいな役割を負ったところの、やはり言葉であった。たとえば経文（漢文・梵文）を詞にした「勧請《かんじょう》」「称名礼《しょうみょうらい》」「祭文《さいもん》」「遺跡惣礼《ゆいせきそうらい》」「如来唄」「釈迦散華」「梵音」「三条錫杖《さんじょうしゃくじょう》」ほかと、メインである和漢混淆体の「如来遺跡講式」および、七五調の主に和文の「遺跡和讃」とでは明快に異なる類の曲であることが判る。最初のグループは肉声を器楽のようにもちいる、西洋音楽で言えばコロラトゥーラ的なものであり、メインの「講式」は長い物語の朗読に節とリズムをつけたものであり、「和讃」は賛美歌のように短めの詞の内容に重点を置いた、単調なリズムによる歌謡であるともいえるが、いずれも、よく耳を澄まして聴いていると、濃《こま》やかな懐かしさみたいな感情が立ち上がってくるのを感じる。解説にもあるように、それは盲僧がかたる平曲や謡曲、浄瑠璃語りや尺八の韻、常磐津、浪花節に至るじつに多様な音の震えを含んでいて、そのときその場に居たことが、偽の記憶みたいな深いよみがえりのうちにまざまざと望見されるようだ。その懐かしさには、無声音や破裂音、あるいは音としては出現しない（おそらく密教の教理と関係のあるらしい）「有意無声」の動きや、旋律のなかに挿入されるごく普通の喋りみたいな非旋律の声、また日本語にはない音韻であるはずのL音を聴くことなども、要素として加わっている気がする。

要するにつよい既視感に襲われたのであり、見て、聴いて、嗅いで、なるほどと思った。われわれが居たのは、極限まで研ぎ澄まされた現代音楽が前提する座標軸のごとき均質な空間時間ではなく、それ自体十分に歪みも匂いも湿気もある「世界」の内側であったのだ。到底望めないことかも知れないが、でもやっぱりこれは、高山寺や金剛峯寺の、昼夜を通した酷寒の「現場」で体験してみたかった。

壇上に並んだ二十人ほどの僧は、年長《とした》けたのや若い僧やさまざまであったが、いずれも迫力という形容をあてるのに相応しい色気を感じさせた。密教は性を排斥しない教えだとはいうが、あの荘厳された宇宙は枯淡の境地とはまったく逆の、そこを突き抜けなければ決して「あちら」に行くことが許されない赫々《かつかく》とした一大精力世界を思わせる。あの夜のいわばコンサートマスターは新井弘順師というお坊さんで、青々と剃った禿頭、世慣れた話しぶり、音声《おんじょう》も朗々としたテノールだったが、私が女性だったらうっとりするかもしれない節回しの高潮部は、しかしちょっとうますぎたかな。

神秘主義的音楽会　カッワーリーに行く

二〇〇四年七月二十五日の昼、三軒茶屋のキャロットタワーにある世田谷パブリックシアターに「イスラームの神秘主義の音楽」とされるカッワーリーという、まあ、ritualというか祭礼というか、そういった催しを見に行った。酷暑のなかである。

イスラームの儀礼だから当然、コーランの祈り上げからまず事は始まる。サイヤド・サダーカット・アリーという人の朗唱なのだが、やはりこの人はたんなる歌い手というよりは、さだめて何階層か何十階層かあるイスラームの宗教的なヒエラルキー、職分の、いずれかに属するのであろうかと思う。コーランの肉声による生の朗唱を聞いたのは初めてであったが、これはうっとりするようなものだった。私のなかでは多分に異国趣味(エキゾティシズム)であり、文学的ととられてもしようがないかと初めは感じつつ、でもこの音や文節、節回しは、虚《きょ》心坦懐《しんたんかい》に考えれば、けっして人の心を煽るものでない鎮静的な側面を持つ「宗教」というものの普遍的な性格と無関係ではないと思い至る。この朗唱の裏側にあると直ちに感じたのは、岩山やその稜角から降りそそぐ光線、羊や没薬《もつやく》の匂いのほかに、スペインあたりのロマ族が奏でるフラメンコ(男声の歌を含む)の音階《スケール》の震えであった。声質の野太さもどこかそれに似ている。

これはイスラームを奉斎する帯域で幅広くおこなわれているはずのコーランの朗唱だから、当然カッワーリー(北インドやパキスタンで流通)ということには限定されない、インド・ヨーロッパ語族というか、さらにユーラシア単位で考えられるべき「文化」というものの交錯の結果なのであろう。イベリア半島やラテン地帯、バルカンあたりにいるロマがインド北西部起源の民族と言われると、ある種奇異の感覚を抱かされるけれど、ほんらい地域と宗教の区別は、一人の人間が他の人間には物理的には成り得ないというほどの絶対性を持つものではなく、長い目で見ればAがBになり、CにもDにもいかようにも変容しうるという、融通性のただなかに置いて一度眺めてみてもいいのではないかと、そんなふうなことをふと思った。

融通性とはいってもそこは宗教である。われわれは見に聞きに来たのではあっても観光に来たのではない。例えば奥三河の花祭を拝見させてもらうとき、社務所に相当するところに一升奉納するように、料金を払って来たのではあっても祭祀にはそれ相応の敬意を示さなければならない。コーラン朗唱の後はカッワーリーほんらいの儀式であるけれど、この儀式が聖者の霊廟でもともとおこなわれる性格のものであり、イスラーム聖者の霊的実在に捧げられる歌舞であるため、おそらく聖者の霊のヨリマシとして一人の祭司が座に呼ばれる。ドールという首から掛ける太鼓と、チャルメラみたいなシェヘナーイーという笛、それから二本の剣のような金属板を打ち鳴らすチムターという打楽器が露払いの役割を果たす。このときと、それから聖者たちの名前が連呼される最も神聖な「ラング（色＝喜び、昂揚、満悦の意）」という演目のときの二回、聴衆は起立して礼を示すことを求められるのである。

祭司が座につくと、主唱者（シェール・アリー）と、副唱およびハールモーニヤムというオルガンともバンドネオンの原形とも見える楽器の奏者（メヘル・アリー）を中心とした、この兄弟二人以外は全員若者である唱者たち（男性）が設えられた舞台に乗る。カッワーリー本体であるところのメフィレ・サマー（神秘主義的音楽会）の出現であるが、歌舞・歌唱は以下のプログラムとなっている。

1　カウル（聖句）／マヌ・クントー・モウラー
2　少女よ、私のこの糸車は何にも増して大事なもの
3　あの人が我が家を訪ねてくれたのだから
4　ラング（歓喜の歌）
5　ダンマール（陶酔舞踊）／シャハバーズ・カランダル

概ねは主唱者のシェールが口を切り、腕を振ってコンダクターみたいに全員を取り仕切るなかで男たちが声を合わせて、実に抑揚韻律・屈折に富んだコーラスを歌う。場内は演奏時暗いので、歌の内容を対訳詞カードで追うことはほとんど不可能だったが、歌の詳細な意味を追うことは、場内が明るくてもあまり意味のないことだったのかも知れない。一連の音楽の醍醐味は、言葉の意味さえ超えて表情豊かに語りかけてくる、言葉に似た、ほとんど言葉そのもののような、音節であり掛け合いであり、けっして機械的な均一さを持たない、有機体固有のリズムと矛盾しない躍動感だといえる。厳密ではないけれど、私たちはそこで「何」が歌われているか（語られているか、掻き口説かれているか）、「判る」のである。歌う側にしても「何」を歌うかが問題であって、それのあらゆる分析に堪えうる精密かつ牢固たる意味体系というものに厳密だったわけではあるまい。こんな言い方は、まあ、厳密ではないのかも知れないけれど。いっぽうわれわれは、その「何」かについて、語るべき多くの言葉、夜を徹しても語りうる豊饒さを感じずにいられないのである。

特徴的だったのに全員の律動のなかでの、主唱者と副唱者、あるいは主唱者と別の若者との掛け合いなどが挙げられる。それはほとんど万歳の、太夫と才蔵のあいだでおこなわれる、もどき、おどけに似ており、純化・洗練以前の芸術のある幸福な状態を思わせるものだ。また、全員の律動と掛け合いがベースとなったなかで、突然高音で詠唱されるパートがあるが、あれなんか、昔のお笑い浪曲歌謡の、エレキギターやテナーサックスで伴奏される浴衣姿の男衆の渋い声を割って、「カネもいらなきゃ女もいらぬ、わたしゃも少し背が欲しい〜」という甲高い歌声を思い起こさせて、なんだかなつかしい気にさせられた。

余談になるけれど、もともと浪曲は説経祭文を源流とするもので、軍記や唱導文学や盆踊り唄と深い関係を持つという意味でも、聖者の霊廟でおこなわれるカッワーリーと、鎮魂という強い共通項で繋がると思う。これは意外でもなんでもなくて、ヒトのケの部分を深いところで支える宗教というか他界観が、人類にとっていかに普遍的であるかの一証左にすぎないのである。もどかれ、詠唱されて聞こえてくるのは、生者の声を割って出現する死者の声であり、それを呼ぶためにヒトの狂熱がえんえんとつづくのだと思う。時に恋の歌に限りなく酷似して。

『シンボルの哲学』の著者、ランガー女史の孫引きだが、言語や文法やその表現能力は部分の構成・組み上げから始まる、例えば石という要素要素を積み上げて出来上がるゴチック建築のごときものではなくて、ある表現したい・表現されるべき一全体の分節、卵割、分化によって成ったのであろうという説がある。音楽にもまさにこのことが言えるのであって、カッワーリーのなかに聞き取れる、それはほとんどアフリカの太鼓のリズムと考えていい力強い複雑さ、滅裂や混乱とも見まがうものをしたたかに統御している鮮烈な律動感は、一度区別したものが要素としてふたたび再構成されうるという同質性を前提する近代西欧的な範疇には、どうしても収めきることが出来ない、なじまないものがあると思う。そのいわば全体性のことを、信仰と申せば身も蓋もないけれど、「表現」を根拠づける幻、ヒトの存在を深部から支える死者との共在をも含めた人間的な環境（milieu）みたいなものを想定してみる。私はこのカッワーリーに、数年前にはやった『ブエナ・ビスタ・ソシアル・クラブ』の音楽の俤をかなり強烈に覚えたが、後者の律動感はあきらかにブードゥーの神々、その神秘信仰を背景に持つもので、やはりここにもアフリカが顔を出していることを興味深く感じる。思えばそのあたりに源流を有する北アメリカにおけるジャズというもの、その現在に見る衰退も、最盛期の六〇年代初頭にすでに兆していた楽典的な理論化、純粋化、先鋭化、合理的説明の適用によって、つまり、一全体である音楽が部分から構成されうるという誤解から始まったのではないかと私は考えている。

純粋化のことを思うなら、考え方のひとつの在り方として、音楽で言えば例えばアフリカの音がインドに来て土地の音楽に影響を与え、トルコの音がウイーンに来て発達して現在の完成形となったというほかに、例えばユーラシアやポリネシアとかの音楽の全体的な伝播ということを考えて、長い無時間のモデル（右肩上がりではなく円周運動のようなもの）のうちでの仮の座として、今の西洋音楽があり、雅楽があり、フラがあり、カッワーリーがあって、それらが発生から始まって発展し、高度化し、さらに高く発展して行くのではなく、われわれのヒトの臭いのする（同時にそれは没薬の香りでもあるのだが）根拠づけとして、そのままの位置で変幻・変容を許すものであってはならないものだろうか。言い換えれば、あるがままの今一瞬が希われた「実現」であってはいけないか。私は純粋化ということにどうしても、ある種の危惧を抱かざるを得ないのである。

純粋といえばこのときに集まった聴衆には純粋な人がずいぶん多かったようである。薔薇の花びらを祭司や演奏者に振りまき、痙攣して踊っていた、若かったり中年だったりする、イスラーム風にスカーフを巻いたりその衣装をまとっていた男女は、しかしトーキョーのひ弱なインテリたちで、その痙攣や熱狂は、信仰の存在というよりケの生活を根拠づける他界観や形而上学の、つまり信というもののあまりにも深く抉れた欠落を見せているように、私には感じられた。なんでみんなこんなに疲れているのか、ほとんど堪えがたいほどの疲労の表情を彼らは見せていた。

舞台がはねたあと、トロワ・テ（三茶）住人の駿河昌樹夫妻と連絡を取り、家内と私と四人で昔のにっかつ映画の世界みたいな路地裏で呑みかつ食った。終電まで河岸を変えながら宴はつづいたが、カッワーリーみたいな、こういう濃さがもうちょっとほしいね、というのがその夜のわれわれの結論である。

昭和歌謡

通俗ということ

年度替わりということで、また、近頃の流行歌に昔年のパワーが無いということもあるせいか、テレビではこのところ昭和歌謡の特別番組がさかんに放映されている。この方面ではテレビ東京が老舗だと言えるけれど、私が一、二の点について面白く観じた番組はテレビ朝日で流していたそれで、むかしから横好きのするこの世界の消息について、ちょっとがまんして、耳を傾けていただきたい。

番組も後半のことだが、加藤登紀子が登場して「知床旅情」を歌った。この歌は、はやりだし、また聞いたそのとき（昭和四十五年ごろ）から、おおよその詩情は感得されはするものの、もうひとつテニヲハがおかしいというか、意味のつかみかねるところがあったのだが、そのひとつがこのときの加藤登紀子の言葉によって解決された（ような気がした）。

彼女はこの歌の第三コーラス最終部で「忘れちゃいやだよ／気まぐれカラスさん／私を泣かすな／白いかもめよ」と、ながいあいだ歌っていて、私などもそう聴いて、前2行と後2行では同じようなことを、いわば異なる主格が言い掛け合う対話・相聞体のように思いなしていた。しかるに加藤は作者の森繁久彌から、ここの「白いかもめよ」は「白いかもめを」であると間違いを正されたそうだ。そうなると、この詞の構造はまったく違ってくる。この末尾は、「私」が「気まぐれカラス」に「（私を）忘れちゃいやだよ」と言いかけてみたり、いっぽう「白いかもめ」に「私を泣かすな」と言いかけたりする二文の並立とはならない。「白いかもめ」である「私」が、「気まぐれカラス」である「あなた」にむかい、忘れるという悲しい仕打ちで「私」を泣かせるようなことをしてくれるな、というきちんとした骨格を持った一連の文であることが判明するのである。

だけれどもこの「知床旅情」という歌、もともと主格が揺れ動くようなところがあって、第一コーラスから見てゆくと、知床という異境に旅でやって来た者は誰か、旅人を迎え入れる側は誰か、主語も「俺たち」「私」と揺れ、連れて「君」も単に女性である「あなた」のことを言っているのか、それとも「あなた」等から見た「俺」のことを言っているのか、判然としないところがある。まあ、ふつうに読めば旅で来た側は男である「俺たち」であるだろうけれども、なんだか「俺たち」の「抱きしめんと」する女性の側のほうが旅のマレビトに似た存在のようにも見えて、ここいらのあたり非常に朦朧としている。朦朧としてはいるが、ある種醒めながら見る夢のような完結した感じは、テニヲハは合わないけれどそれ自身としては完結している神話や伝説の世界にも通うようで、これは歌の掉尾《とうび》が「白いかもめよ」ではなく「白いかもめを」の、みずからを神格化するような象徴性でなければならなかったこととも関係して納得されるというものだ。こんなところにも森繁久彌の、人が一般的につよく感じていて何となく口で言い表せなかった美質というか資質のようなものが隠見していて、そこから却って、はやり歌というものの秘密が透けて見えるような気がする。

そのはやり歌という言葉だが、番組のさいごに出てきた八代亜紀の「舟唄」は、きわめて古典的な意味合いでの流行歌、歌謡曲というものを、あたかもそれ自身喩のようになぞるものだと言えるのではないか。

この歌が発売されたのは昭和五十四年のことだが、私などにとってはこの時期が昭和歌謡の全盛、極致ともいえるものだった。ここからほぼ十年後のバブル期の昭和、況《いわん》や平成の治世など、正像末法でいえば像法にもあたらない世の末も末にすぎない。それはさておき、この「舟唄」で阿久悠が試みたのは、パターン化された、戦前期から続くような「歌謡曲」の世界を、そのパターン自体も含めて極限にまで押し進めることだった。歌詞の基本は「……なくていい」「……でいい」というもので、それはいわば否定形の積み重ねで進行してゆく。酒、肴、女、酒場の灯り、霧笛といった道具立ては、あたかも一本の扇で酒杯や打ち物を現象《エフェクト》させ、舞台の板のうえのひと巡りで鎌倉から日向までの長旅を現出させる謡曲のように、極端なまでに殺ぎ落とされた影像をともなっている。そしてその否定形は、「はやりの歌などなくていい」という、下手をすると自己抹殺の事態にもなりかねないところまで進むのだ。

この「はやりの歌などなくていい」という歌詞が、「舟唄」という「はやり歌」のなかでどうして成立しうるかを考えるところに、「舟唄」の世界が持つほんとうの意味があるのだと思う。それ自身、八代亜紀における最大級のヒットとなったこの歌が、あらかじめヒットを予想できたにせよそうでないにせよ、もとより「はやりの歌」でないわけがない。いいかえれば、はやる・はやらないという二項性の世界と無縁のものであるわけはない。しかし「舟唄」で「なくていい」とされる「はやりの歌」が、「舟唄」自体であるということは自己撞着的にのみ、ただその意味においてのみ、語られうる事柄なのである。

なぜなら、はやりの歌であっても、なくても、「舟唄」はその詞章でもってその世界を構成することはできても、同じディメンションに属するその詞章でもっては、おのれを含むその世界の構成について何かを語るということはできないからである。「舟唄」のなかで何が語られようが、自分自身でさえ、歌表現の内部でしかなく、どこまで行っても歌表現というものの分出にほかならないのだ。それがたとえ自らを否定する体のものでも、「否定された自己」として歌表現の内部で客体化され、そのように無限に自らを分出してゆく。「舟唄」で「なくていい」とされる「はやりの歌」のイメージを思い浮かべることは比較的容易であるが、「なくていい」はやりの歌がただいま歌われている「舟唄」自体であることを納得するのには可成りの抵抗がある。「はやりの歌などなくていい」という言明は、どちらかというと「舟唄」にとって、撥無《はつむ》肯定的に「舟唄」のうちに収斂するのだ。

このことが「舟唄」自体にとって何を意味するかというと、通俗、ということの極めてしたたかな骨法を見せつけられた気がする。「はやりの歌などなくていい」という滴を、「舟唄」の現存に一滴垂らすだけで、はやりのものに限りなく背を向けてゆく志向を有した「はやり歌」、あるいは圧倒的な・物量的な大衆性から限りなくそむいてゆく（というコンセプトを有した）、それこそ何十万、何百万人もの支持を得た通俗性、という捩れ・スパイラルが展開する。この時期昭和はひとつの極致・極地であったのであり、阿久悠はこのときたしかに神の手《ゴッドハンド》で詞を書いていたのである。

神の名

『千と千尋の神隠し』について

このあいだ、テレビでノー・カット版が放映されていたので、初めて『千と千尋の神隠し』を観た。宮崎駿の作品は、全部ではないがそれまでに何作か観ていて、みずからのイメージを実際に造形化するその手腕には舌を巻かされていたけれど、特に評判の高かった『もののけ姫』など、細部にわたる具体性に説話・神話に類するものとしてはやや恣《ほしいまま》な印象を受けたことは否めない。寓話なのか神話なのかメルヒェンであるのか、この三つは全部違うカテゴリーに括られるものであるけれども、これらがごっちゃになって混乱した印象を私は『もののけ姫』に感じたのである（斬られた自分の首を捜して山の神が執拗な追跡を試みるシーンなど）。

まあ、表現の自由、ということはある。

しかし今回の『千と千尋の神隠し』ではこうした錯綜をぜんぜん覚えなかった。しばしば宮崎作品で感じられる作品細部の常軌を逸したともいうべき驚くべき幻想の具体性は、例えば詩を読んだり書いたりする私などからすればまったく理解が及ぶと言っていい親近感と統一された感じを有するものだ。それを一言で言えば、それら細部は「夢」に出てきて近しい存在の数々であるからだ。巨大で暴力的な「坊」と書かれた赤い腹掛けをした赤ん坊が、たちまち鼠大の河馬に似た生き物に矮小化して足をばたばたさせたり、首だけの仁王が三つ、目をぎょろつかせて「おい！」「おい！」と言ってころげまわったり、一面の青い水のうえを二輛連結の電車が走っていたり。これらのイメージは何かしら私たちの心というものの奥底を掻き揺らすものを持っている。無意識と言えばすべて説明がつく気になるのは大いに警戒すべきだが、無意識というものをこれほど心憎く表現した動画というのもあまり他に類例を見ない。ただ無意識と言ってもフロイトやユングの理論を厳密に当てはめて、というようなものではなく、例えばルイス・キャロルを読んでゆくときに現実だか夢だか判然としなくなる時間を過ごすという経験に、それは似ている。揺さぶられるのは理性であるよりも情動的な部分に関わる気がする。それらの無意識に触れると私は、心の底から笑いたくなったり泣きたくなったりするのである。そしてもうひとつ、そういった表現の数々がいったいにあらわす雰囲気が何となく倫理的なものであるということだ。この点が、（ルイス・キャロルもそれに含まれる）寓話にせよメルヒェンにせよ、いわば小さな悪夢、小さな地獄へと赴きがちなそれら西欧的な物語とは似て非なる、日本の、アジアの精神世界に共通する性格であり、いわば無と接点をぎりぎりにするところの寛容さを示しているのだろう。

それの最初の兆しが、千と名づけられた千尋が奉公することになった神々の湯屋で、「くされ神」とされる、悪臭をあげるどろどろの怪物が風呂を浴びに来るプロットだ。千が僥倖《ぎようこう》で手に入れた「薬湯チケット」で自由にすることができた薬湯により、さまざまな機械の形をした汚濁物をおびただしく吐き出して清浄になった、じつは「くされ神」ではない蒼古の神が、翁の面の相貌で「よきかな」とくぐもる声でことあげをするシーンは、われわれの奥底に眠っていたとてつもなく深い不在とそのリンケージの瞬間を思わせる。翁の面は神の実相であり、目の当たりにされたそれは、じつはわれわれが忘れ去って名づけることを得ない、神の名そのものを象徴するのではないのか。私たちは、神の名を忘れることで、それ自身ではみずからを、他者を、私を、促しもせず、引き留めもせず、私たちに仇なすことも、祟ることもしない沈黙の様態でありつづける（ヤオヨロズの）その神を、殺害してきた、少なくともその殺害を傍観しつづけてきたのだ。

幼いころ、私は川崎と横浜のまだ緑がゆたかであった一帯で育った。多摩川では「赤岩」の淵やガス橋で食用の雷魚や草魚が釣られ、そこで川泳ぎをしていた子供が溺れて死んだ話を聞いた。川の中州の野茨の枝に服の袖を引っかけながら雲雀の巣を探し、クチボソやメダカを追う毎日だったが、ある日川は突然立入禁止になり、工事が始まり、ゴルフ場が出現し、川の水が真っ黒になって悪臭が立ちのぼるようになったとき、向こう岸のセタガヤに直に行ける仮設橋がかかって、しばらくすると第三京浜が完成した。川を隔ててあんなにも遠くだった「東京」が近くなって私たち子供は興奮し、田んぼが埋められてビルやマーケットが建つたびに明るい未来がやって来るような気がしていたが、クチボソを追って中州の藪に入ってゆくときのあの感覚の欠如にまつわる胸の疼きがなかったと言ったら嘘になるだろう。横浜に住むようになってこの空虚さはやや亢進し、学校が終わるとカバンを放り出して山の林や藪のなかをはいずり回ったが、かろうじて見つけた清冽な湧き水のある小さな谷には、当時でも驚くべきことに蛍が棲息していたのだけれど、だんだんその谷もどこの業者なのか、魚の内臓の捨て場のようになってゆき、ある夜そこを通りかかって蛍のわずかな光が腐敗した内臓に交じって鬼火のように見えたとき、慄然とした。

千は千尋という自分のほんとうの名を忘れないでいることができた。神隠しの湯屋に千がやってきたとき、なぜか彼女にやさしい庇護者のように振る舞った若者は自分の名を思い出せないでいた。湯屋の奉公人からはそこを支配する魔女の手先として忌み嫌われていた若者は、やがて白い竜の姿で千尋に相対するのだけれども、彼も千尋もお互い過去のどこかで会っていたことを感じている。彼につけられた仮の名はハク。魔女は「あったことは忘れないさ、いつか思い出すんだよ」と言ったけれど、物語が導くまま、結局千尋によって魔法を解かれ、ほんとうの名を思い出したハクは彼女に、ついにみずからの本名を名乗るのだ。「私の名はニギハヤコハクヌシ」。彼は千尋が昔当たり前のように遊んだ「琥珀川」の神であり、その川は「マンション建設」のために消失したものだった。それゆえに神はみずからの名を忘れ去ったのである。ニギハヤヒ神とオオクニヌシ神とを合わせたようなこの神の名は、いずれも天孫降臨以前の神々をあらわしていることは少し注意すればわかる。それよりも、このアニメーション映画のさいごのあたりでこの名を耳にしたとき、私はまるではげしい疼痛のように、懐かしさと悲しさと恋しさとを胸に覚えたのである。

随筆岸谷散歩

岸谷《きしや》に移り住んでから三回目の春を迎える。この土地は、東京と横浜を結ぶ大動脈とでもいうべき、ＪＲ東海道線、横須賀線、京浜東北線、それに私鉄の京浜急行線が貫通する、海側を生麦とする地域の山側、もっと詳しくいえば、その山側でも鉄道線と国道一号線（第二京浜）に挟まれた比較的狭隘《きょうあい》な、起伏に富んだ傾斜地を町域とする。ちゃんと調べたわけではないのではっきりとはしないが、いくつかの痕跡に徴してみて、かつてここの一部ないしかなりの部分の住居表示が生麦に属していたらしいことがうかがわれる。

夢三たび春あけぼの、寝覚め哉

解酲子

三回目を迎えるとは言ったが、こんなにゆっくりと周りの春を見、歩き回るのはじつは初めてである。光陰の速さで消えた修羅のような仕事場の日々や、それにつづき、身構える暇さえなくてやって来た、否応のない覚悟を直ちに腹に据えざることを得なかった長い病の時間を割って、まるで経験したことのないものでも見るように、いま、つくづくと岸谷の春の中にいる。

こういう題名だが、散歩を始めるのには、まず生麦の麒麟麦酒工場のビールを試飲することからが相応しい。今まではふらりと立ち寄ればいつでも自由見学という名目で、三百五十ミリリットル入りグラス二杯の麒麟ビールを無料で飲むことができた。むろん、私（および私と同程度に飲んべの荊妻《けいさい》）を含めほとんどが見学などせずに試飲コーナーへ直行したものだが、そのせいかどうか、不逞の輩が増えてきたらしく、「自由」な見学はこの三月で取り止めとなった。とまれ合わせて七百ミリリットルのアルコールはけっして少ない量とはいえず、ちょっとよい心持ちになったところで工場を後にすると、第一京浜沿い、「焼肉と中華」のニュー北京のすぐ脇に生麦事件碑がある。

石碑自体も百年以上を経過し、また目前の国道十五号線（第一京浜）の排気ガス等による影響もあろうかと思うが、かなりの劣化を見せて、もう後しばらくももたないのではないか。それはともかく、けっこう香華を手向けられたみたいなこの石碑を眺めて考えるのは、やっぱり鎌倉以来の古蒼勇猛な雄藩の主である島津侯のまえを騎馬で平気に横切ったら、それはまあ斬られても仕方ないんじゃないかなという気がする。それをネタに当時の金で十万ポンドを脅し取るというのは、幕府の弱腰という以前に、あのころから「彼ら」がまぎれもない「ならず者」であったことのなによりの証左だといえよう。

そこから山側に向かい、生麦の大踏切を渡って左へ三、四十メートルほど行ったところに岸谷杉山神社の大鳥居がある。鳥居をくぐると、百級はゆうに超えると思う、はるかに見上げるばかりの石段で、これは上ると神域に直ちに至る男坂というべきか。そのむかし生麦の海から上がった石で出来ているという。対するに鳥居の脇に小径《こみち》があり、これは石段よりはややゆるやかに境内に至るいわば女坂だ。このお社については、若いころ、少々調べ歩いたこともあり、言いたいことも別にあるのだが、一文の本題とは逸れるので、杉山社が鶴見川流域を中心とするエリアに四十数社あることを言うにとどめる。私はたいがいこの社への途を女坂にとる。坂のてっぺんの、じつにおちゃめと言うべきお嬢さん方を数多く擁するH大学女子高校門前の、警備の方の鋭い一瞥を浴びながら、その先の境内に入る。

岸谷の杉山社がこの地に遷座《せんざ》したさい、本殿は現在の舞殿の位置にあったという。たいていは戸を閉《た》てているけれど、かつては里神楽、今は土地のおばさんなんかによるカラオケ舞踊などが、祭の折、おこなわれるのであろうか。

舞殿になほいまそがり花の影　解酲子

神域は岡のてっぺんを平らに削ったような印象だ。向かって正面に本殿と、いま言った舞殿が並んで立ち、海を背にした向かって左に二、三の祠がある。ここいらの神社にあって当たり前の小稲荷社は当然に見えるが、なかで道念稲荷《どうねんいなり》という小祠が目を引く。道念は比較的大きな辞書で引いても、僧侶の妻、いわゆる大黒さんを意味する道念さんや、貞享・元禄ごろにはやった道念節の道念山三郎しか見当たらないけれど、この道念はそれと関係あるかどうか。あるいは本来の意味の求道《ぐどう》の心ということで、仏教的な領域と相渉るものがあるかどうか。古くから生麦道念稲荷神社名物の祭礼である「蛇も蚊も祭」（じゃもかもまつり）に因むものらしい。詳しいことは調べていないが、この祭礼は、毎年六月の第一日曜日、青萱を縒《よ》った巨大な蛇形のカタシロを担って町内を練り歩くもので、夏の災厄退散を願うかの中臣大祓《なかとみおおはらえ》の式（夏の部）といささかの関係は持つものであろう。かつては祭礼のあと、このカタシロは生麦の海に流されたという。

社殿に向かって右には、先の大戦、というより先の十五年戦争で戦没した、生麦村ほかこの一帯の若者三百余柱を祀った、小さな鳥居付きの小社がある。十五年という長きに亘ったものであるにせよ、合わせて三万人もいなかったであろう当時の人口の、それも若者ばかり三百余人という実数は尋常でない感じがする（ちなみに、平成十二年度の生麦の総人口は一万三千五百六十七名である＝「鶴見区町別年齢別人口」より）。全員の姓名と、それから写真のある者はその生（…というのか）写真を掲げてあった、そのうちで意外だったのは、なかに女性のそれも交じっていたことだ。考えてみれば当然のことで、野戦看護婦のような役柄を想像するが、数日前のテレビ報道で女性自衛官（薬剤班といっていたが）がサマワに到着したとかこれからするとかいうのがあって、時代は変わっても戦争とはそういう、変わらないものなのだとの感を深くした。それにしても、時代がついて、褪色し、劣化し、腐乱したようにさえ見える、百葉を越すこのセピア色の写真群には鬼気迫るものがある。ついでに言っておけば、このお社の扁額《へんがく》（というのか）に筆を揮ったのは靖国の宮司さんだそうだ。

海坂《うなさか》に白木蓮のしんかんと　　解酲子

下りは男坂である。下りのとっぱなの鳥居や手水《ちょうず》をはじめ石段の途中にもさまざまな石造物が認められ、その銘などを見ると覚えのある名前に出合った。石工飯嶋某というもので、彼の名は他の杉山社の石造物にも多々出現する。現在の横浜市の、鶴見区、港北区、神奈川区、都筑区あたりに多い。ただしこの岸谷杉山神社における年次は明治十年代、ほかは天保時代であったり、溯れば文化年間であったりするから、この飯嶋某は代々世襲されてきた名跡であったみたいだ（東横線菊名駅の近く、大豆戸町《まめどちょう》の岡の中腹の不動堂の石造物には、文化年間に刻まれた「鶴見村石工飯嶋吉六」なる銘がかつてあった。いまでもあるか、どうか）。

下りは男坂と今書いたけれど、それは通常のコースで、この想像の散歩ではふたたび女坂側に出て、杉山神社の裏側に下る。言ってみれば谷間《たにあい》だが、散歩者にとっては、上り下り、坂に次ぐ坂という印象である。記憶は曖昧だけれど確か「危険傾斜地区」といった意味の表示が出ている一角があり、そこは例えば建仁寺垣や冠木門などの設えのある古いお屋敷町と言っていい。ただし、廃絶しかけた、と書けば言い過ぎになろうが、なんだか二代目三代目の気配のない、刻々と朽ちてゆく時間ともいうべきものがあって、それが、この町に目立って多い椿や椎などの常緑樹のすさまじいまでの繁茂の影におおわれているのである。だが、ここではるかむかしに嗅いだことのある、土の匂い、落葉の匂い、木の匂い、花々の鋭い匂いが醒めて見る夢のように立ち上っているのが、なんだか信じられない。あの泰西の巨人における、Japon の水中花がひらくさまのように、一顆のマドレーヌの匂いからたちまち精緻によみがえる、古い古い記憶のように、か。

子供が縄跳びをしている銭湯の路地からバス通りの三叉路に出ると、旗指物もにぎやかな庚申塚がある。庚申塚や庚申講の解説はいろいろあるようだが、散歩者としてはこういったものが三叉路や丁字路、橋や坂に存在するということの意味をやっぱり、少し重く考えてみたい。沖縄や南九州、それに台湾にも存在する石敢当（いしがんどう、せきかんとう）は丁字路やそれに相当するポイントに魔除けとして置かれる紋章だが、この魔というものを悪としてでなく、強い霊力のはたらきとして考えるのなら、例えば中世の律宗の僧が、川の渡しや、津という名の港、また橋などに関所を設けて通行料を徴収したという事実＊も、純粋に経済的事由にばかり拠るものではないことが思われる。石敢当のことをいうのなら、庚申塚から百メートルばかりのところに急峻な坂がある。坂に直交するように枝道が分かれている場所がみとめられるけれど、ちょうどその丁字の突き当たりのコンクリート塀に、誰のしわざか、素人の手描きによる進入禁止の朱色の交通マークがしたためられていて、地面には三、四基の賽の河原みたいな石塊が積まれている。以前は何かの護符みたいな札まで飾られていたのだが、これなど、まさに今まで述べてきた思想と軌を一にするものであろう。私の体験ではこれが、那覇の沖縄三越の壁面にあった石敢当の思い出とかさなる。国際通りに面した三越になぜ石敢当がなければならないのかというと、それは国際通りを隔て、直交して牧志の公設市場に向かう通りがあり、その線を延ばすと丁字の「一」に相当する位置にちょうど三越（の石敢当）が当たるからである。けだし霊力の発生いちじるしい場なのであろう。ここ鶴見岸谷のお手製の石敢当がある坂は、南の陽光が降り注ぐ那覇のそれと違って、鬱蒼とした樹林におおわれているのだが。

そろそろ日が傾いてきたので、「石敢当」から歩いて五十歩に満たない鮮魚「魚徳」で今夜の魚を買い求めることにする。したたかな歯応えを持つ白身の鯛や平目は、ここのところ通常に置いてあるようだが、鮟鱇《あんこう》は肝がだいぶ痩せてきてことしはもう終わりだろう。目張《めばる》や鰆《さわら》は今を盛りの春と言ってよく、濃やかなうえに脂が乗ってきた。あとひと月もすれば生シラスが入るのではないか。うちではこれを刺身ではなく、パスタにして食する。ニンニク、オリーブ油、鷹の爪を熱して白ワインを振り、生シラスを入れたらゆであげのスパゲティーニと粉チーズを一挙に和えてアサツキを散らす。なぜか、こうした仕事をした方が生シラスの風合いが生きるような気が、私にはする。味わいはまさに生クリームといってよい。合わせるのは軽い赤ワインでもいいけれど、からくちの清酒も捨てがたい。

わがマンションの立つ坂を、また上る。振り向けば真西の疎林ごしに、沈んだ金泥のような夕映えが降りている。花の匂いと入り混じりながら。

けふのみの春をあるひて仕舞けり　　　蕪村

＊田中由人「ボサツになった忍性」（坂井信夫個人詩誌『索』24号二〇〇一年四月六日発行所収）による。

岐れ道の先

鎌倉散歩

そろそろ花も咲こうかという日、三月のみそかのことだが、花を探りに鎌倉を散策した。家内を連れ、連句仲間の二人の女性《にょしょう》と待ち合わせてのことである。女性といっても、（彼女らには内緒の物言いだが）女盛りをいくらか過ごされたか、という塩梅の方々のこととて、物議を醸す筋合いのものではない。お二人のことを俳号等から仮に天女さん、美江さんと、お呼びしておく。鎌倉の案内は当地在住の天女さんにお願いすることにした。彼女によれば、例年若宮大路の段葛《だんかずら》の桜は遅く、二階堂荏柄天神《えがらてんじん》の花の方が早いということであったが、まだ行かぬ荏柄天神のそれはいさ、果たしてさいしょに行った段葛の花は端から端までぜんぶ眺めていっても数輪がほころぶほかは、すべて花芽のままであった。

鎌倉は花おそげなる昼の影　　解酲子

花には早いがさすがに春の快晴の午後、週末でもないのに駅周辺の人の出はなかなかにすさまじく、目当ての蕎麦屋には入れずに四軒目あたりで入ることの出来た蕎麦「峰本本店」はもう鶴岡八幡宮の門前だった。ここで四人でたぐったせいろはつゆと海苔のかおりがいい。ただしあの麺の一本あたりの長さにはみんな手こずったみたいだ。店を出て八幡の境内に入る。県立近代美術館の倒像が水に揺らめく源平池では、池畔の桜木に二輪の花が開き、となりの白木蓮はまさに満開を迎えるところである。桜の咲くまえの、この白い花の開花を見るたびにいつも私はなんとなく次のようなイメージを抱く。

一塵の中に微塵の数ほどの（多くの）仏が、各々菩薩の衆会《しゅえ》の中に処《お》りたもう。（一つの微塵の尖端に、微塵の数ほどの〈無数に多くの〉仏たちが、仏の子らの真ん中に坐っておられる。）＝『華厳経』より。

古代のインド人が池に浮かぶ蓮の花に見ていたものを、「木蓮」の名を付けた後生は、青空に浮く花弁の群れに同じく見ていたと思わずにいない。華厳経はこのほかにも、毛の先ほどのなかに無数の、否、インド人は無数という限定の放棄ではなくもっと実体的に考えるので、恒河沙数《ごうがしゃすう》（十の五十二乗）とか那由他《なゆた》（十の七十二乗）というほどの実数の仏国土を見、また一瞬のなかに永劫を納め、永劫のなかに一瞬を展開させるといった論理で世界を理解する。それの一つの要約された・翻訳された形として、私の眼のまえにこの百五、六十個ほどの白い木蓮の花があると思えばいい。

白木蓮泛《う》べる空の高さかな　　解酲子

こんなことを八幡宮の境内で思い巡らすのは昔だったら不謹慎ということになろうか。本地垂迹説《ほんじすいじやくせつ》による両部神道《りようぶしんとう》は明治政府によって、また廃仏毀釈運動のもと、かつて徹底的に弾圧された経緯がある。そういえば芭蕉の「幻住庵記」に、庵の近くに八幡宮がありその神体は弥陀の尊像とて、唯一の家（唯一神道＝吉田神道）の目から見たらはなはだ忌むことだけれども、「両部光を和《やわら》げ、利益《りやく》の塵を同じうしたまふも」また貴いことだと言う箇所がある。吉田神道や明治の両部弾圧はさしずめキリスト教やイスラームにおける原理主義というところか。なにごとも純粋化し、徹底化されると、思弁的かつ過激になって世界観が密室化するのはどの領域でもありがちなことのようである。ただし現在は世界観がというより世界そのものがいちいちのどの領域でも密室化していて、これは非常に憂慮すべきことだと思う。

それはさておき、やがてわれわれは境内を右に折れ、楠の古木が両側で並木をなす流鏑馬《やぶさめ》の道を通って、雪ノ下、二階堂と抜けて鎌倉宮にたどりついた。言うまでもなく、ここは大塔宮護良親王が幽閉され暗殺された屋敷跡を、明治政府が官幣中社格《かんぺいちゅうしゃ》の神社として建立し祀ったもので、例年秋ここで宮の霊を慰めるためかと考えるが薪能が催行される。私くらいまでの年代の人間は宮の名を「だいとうのみやもりながしんのう」と教わったが、近年では「おおとうのみやもりよししんのう」の読みで通行しているようである。ただし境内にある由緒説明板の英語の解説では「モリナガ」親王とあったけれど。

境内はここにも八幡宮の流鏑馬道と同じく楠が多く見られ、聞くところによるとここいら、つまり伊豆から鎌倉にかけてあたりが楠の北限にして特にその簇生《そうせい》の集中が観察される地域であるそうだ。このあと行った荏柄天神もそうだが、山懐にいだかれ、背後の三方を切り立った崖、でなければ急峻な斜面に囲まれた社寺の空間は鎌倉独特で、緑のもえたつ裏山の狭い空に鳶が遊弋《ゆうよく》する春の濃密な青さは、たとえば山一つ越えた大船や、まして同じ県内ではあるが横浜の丘陵の持つ空気とは、はっきりと光や匂いが違う。「ここだけの」世界があり仏国土があってその宇宙が拡がっているのだ。それは何も鎌倉に限らず（けれど鎌倉という土地に極めて鋭敏に現れているが）、いま電話で話している等のあなたの住む任意の、たとえば河ひとつむこうの町に行くにも、私たちは空間だけではなくはるかに時間を越え異界を越えてゆかなくてはならない。言い換えれば計測可能なものからの限りない滑り行きとして、計測は実体の翻訳に過ぎないという意味において、人にとって土地がコスモスである意味が現象している。人が人を分かるとか分からないとか言う前に、まず土地の持つ光や匂いと同質のものの介在が必要とされるのではないか。

楠と言えば荏柄天神にもそれはあった。この社は鎌倉将軍家をはじめ豊臣氏、徳川将軍家の代々にも尊崇されているが、もともとは鎌倉造営の際、鬼門（東北）に当たるこの土地に都の固めとして勧請されたものであるようだ。いまでこそ学問の神様だが、当初の狙いは恐るべき御霊神《ごりょうしん》としての威力でもって鎌倉にとって邪なモノを撥ね返そうという意図があったに思われる。そしてこの地が選ばれた理由は、漠然と単に東北の方角の適当な場所ということでなく、元来祀られていた神の座を拠り所にして、悪い表現だがいわばそこを乗っ取る形で天神が将来されたのではないか。社の裏手にひっそりと権現社という札が掲げられた岩穴があるのは偶然ではないような気がする。天神様に家を譲って、いまも両部の神は光を和らげているのである。

荏柄天神にも花は咲いていなかったので、鎌倉宮まで引き返す。ここでバスに乗り鎌倉駅まで帰ることにした。大塔宮はターミナルなので坐って鎌倉まで行ける。バスを待つあいだ、天女さんと美江さんと私とで、折角だからというので三句付けを試みた。

幾千の鈴ふるごとき楠若葉　　天女
春のかんなぎ物言はずして　　解酲子
バスを待つ一人の増えて遅日かな　　美江

このあと、小町の「奈可川」で早い宴をはじめる。皮剥《かわはぎ》キモのたたきあえ、さより。しこいわしは葱生姜醤油で。そらまめ、筍《たけのこ》と蕗《ふき》と若布《わかめ》の炊き物。酒は立山のぬるかんでやる。

IV

キョウコとは誰か

関富士子詩集『女ー友ー達』書評

『女ー友ー達』開扇堂刊、2003年6月。ISBN4-902245-11-6
定価：本体600円

関富士子の『ピクニック』につづく今回の詩集『女ー友ー達』は、群を抜いた力量の持ち主が、そのぶあつい経験と才能を惜しみなく傾注して私たちに突きつけてきた書物である。「突きつけてきた」とは、このごろではもうこんな形容をする者もいなくなったが、さいきんの（すぐれた）詩に、技巧の絢爛やメタファーに舌を巻くこと、あるいは「世界」の背後に神話のように荒れた草むらの暗示を感じることはあっても、まぎれもない「さいきんの詩」である関富士子のおなじそれが、痺れるような甘さと苦さを持ち、技巧とははっきり異質な眩暈《げんうん》をはらむ「明快さ」みたいなものを感じさせるのは、なかなか、ふつうのことではない。誤解を恐れずに言えば、彼女は、メタファーや技巧の海の永い航海のすえに、ついにじぶんをオリエンテートする大地に上陸したのではないか。もしかしたら、「世界」を分割する言葉を手に入れたのではないか。「突きつけ」られた印象は、たぶん、それが私たちに届いたおりの、厳粛さからくる。

そのことのくわしい説明は後に譲るとして、私たちはまず、冒頭の「定期バスに乗って」の道行きをくぐることにより、作者といっしょになって「時間」の扉をあける仕掛けになっている。次々と、まるで絵巻を展げるみたいに、「渡り舟場」や「蓬萊橋」や「小手神森」などのバスストップの名前とともに、クミコやカズコさんやマコ、ミズエ、マチコたちの逸話が現れるけれど、それらは現実の過去（という言い方もおかしいが）であると同時に、詩人の幻としてまざまざと存在する幸福で痛苦に満ちたワンダーランドともいうべき、『女―友―達』の時空なのである――バスではじまる旅はまたバスで終わる、冒頭と最後の作を読み、この一冊の書物がひとつの円環を形づくっていることに私たちは気づくだろう。

表題作「女友達」は、じつはそれらの時空からは少し離れた場所に成立している、むしろ当作品集「以後」を睨んだ一群の作品のひとつなのではないか、と私は邪推しているが、こういう形で詩集としてまとまるまで気がつかなかった。映画というものが二十世紀以後の寓話をある意味で代弁しているとしたら、それにまっすぐ通じる匂いを持ったこのタイトルポエムは、たとえばこんな詩行を見せる。

エビアンは買わない
ただ　古い友達を思い出した
彼女たちと同じぐらい太っていて
しじゅう何かを食べては手を洗っていた
刺繍入りのきれいな布靴が好きで
優しい小さな声をしていた
アパートに泊めてもらったとき
あたしもうだめかもしれない
と泣いてからすぐに
いびきをかいて眠った
ベッドの上でうずたかい胸が上下していた

事実をそのまま映したフィルムのようなこれらの詩行は、しかしファクトではなく、詩人の眼によって濾過された寓話の光景である。詩人の冷厳な眼というのは当たらない。寓話という、ときに人には危険な夢を映してみせる彼女の眼光に、私は信仰を持った科学者に似た世界への接し方を感じるのだ。この感じは、より端的にはこの詩集以後の、彼女の主宰誌『レイン・トリー』第二十六号に載った「燃やす人」（映画『ギルバート・グレイプ』の世界からの引用がある）における、力強い荒涼ともいうべきものに顕著であり、本詩集では「GEORGE

の胸ポケット」や「わたしの三人の妹は」「読書する人」などで望見されていると、私は思う。けれどこの書物のタイトルがなぜ表題作（と思しき）『女友達』そのままでなく、『女―友―達』であるのか、私がその秘密をいきぐるしいまでの開示として目の当たりにしたのは散文詩「キョウコ」1~5の連作においてであった。

結論ではないけれど、私がこの連作を読んだ始めと読み終わったあと、そしていまでも、手にしている感想は、ものごとは（人間は、世界は、自然は）単純なものではないということだ。いま、私の部屋の外に見えている、夏木立にとまった雀、その背後の梅雨明けの空、というありふれた存在は、気の遠くなるような必然と、同じだけの気の遠くなる偶然が重ねられた、宝石のような一滴の揺らぎなのだ。壊すことの単純さは言うまでもないが、ものを造ることの手だてが科学技術の極度とも言える発達の結果、単純であることが可能になってきた昨今、有機的組織そのものや作業効率そのものでは断じてない「人間」を判断する場合でさえ、「複雑さ」や「手順」を厭うようになってきたのは、考えてみればかなり異様なことだと思う。

詩人の描く「キョウコ」の世界は、その意味で「単純」ではない（だがしかし、明快ではあるけれど）。一人称で語られる、作者と思われる「ふうちゃん」の現在は、キョウコと同級生の十三歳。彼女は十歳の小学四年生のとき、理科の授業で出てきた電気の「ボルト」という単位のことで、誰が言い出したかわからない、「ふうちゃんのからだには一兆ボルトの電気が流れていて、触ると感電死する」という発言をきっかけに、男の子たちによる長い迫害の時を迎える。いまの言葉でいえば「いじめに遭った」というところだろうが、いまの子供たちがそれにより、（迫害する側も含め）どんなに蝕まれ、存在を脅かされるかは想像するに余りあるけれど、「私たち」のときにもそれは確実にあったのであり、しかし子供たちが自ら死に至ることのあるいまとほんのちょっと違う点は、迫害される側は「ほんとうに死にたいと願ったが、忌まわしいストーリィのとおりに、無残に生きねばならなかった」（パート4）ことだ。彼女は（私たちは）そこで、「侮蔑や我欲、欺瞞、嫉妬、冷酷」（パート3）という、あらゆる悪徳を、大人になる以前に学ばなくてはならなかったのだ。

キョウコはそんなふうちゃんの前に救世主のように現れる。それは、連作の冒頭と重なる、パート4の次のようなふうに、である。

中学生になってキョウコに出会ったとき、少年たちは長い悪夢から覚めた。キョウコは臆することなくわたしをしっかり抱きしめて、感電死しなかった。彼らは魔法を解かれて、ふつうのはにかみがちな少年に戻っていった。

ゲームを生きのびて、キョウコに導かれた世界は輝かしい。生きていることの喜びにうっとりしながら、わたしは今でも、あの悪夢をキョウコ自身のなかに見てふるえることがある。キョウコのからだには、わたしと同様、けがれた一兆ボルトの電気が流れている。

生き延び、蘇生したふうちゃんは、キョウコのなかに未来の「輝かしさ」「生きることの喜び」と、過去の「悪夢」「けがれた一兆ボルトの電気」とに引き裂かれた時間を見る。キョウコは白い魔法のようにやってきて、それまでの、けっして解決されないであろうと思われてきた黒い呪縛をじつにあっけなく（ふうちゃんにとっては奇跡みたいに）解いてしまう。こういうことは人の成長のある時期においては「自然」なことで、キョウコはそのきっかけを作った存在にすぎないのだ、という解釈もありえようが、それは、詩の、人間の、真実とはいえないと思う。ふうちゃんは輝かしい世界を得た、その同じ理由（キョウコ）のなかに、倒立した鏡像のように「悪夢」と「けがれ」を見るのであり、人の大多数はこういったおののきのうちに人生へと解纜《かいらん》するのではないか。ふうちゃんにとってキョウコは成長過程の一通過点ではなく、あれから数十年を経た現在もなお、深く真剣に思考される対象なのである。

ふうちゃん（＝「わたし」）のまえでキョウコはほとんど超越的とさえいえる。「わたし」を解放したキョウコ、「わたし」にてのひらで目隠しをするキョウコ（キョウコをころしたい、と「わたし」は思う）、「わたし」が邪悪な少女神のように見たキョウコの夢に対し、「おはよう。わたし、あなたの夢を見たの」と言ったキョウコの「率直で、信頼に満ちて、純粋で、喜びにあふれていた」顔……。圧巻は、キョウコへの愛を「そうと知られずに伝えたい」と決意した「わたし」の手紙である。「わたしは愛という言葉を、森に言い換えてみた。あるいは塩に、犬に、はなむぐりに、紫の冬芽に、荒縄に……」。そしてなお、訂正と推敲が注意深く繰り返され、愛というメッセージが絶対に相手に伝わらないように考え尽くされた、この奇妙な愛の手紙は、ある日キョウコに渡される。それはこんなようなものである。

……冠毛を吹いて横っちょにめくります。寒さで濁った篤学のカササギに、子細な注文を盛るんでしょう。まして中背かひびわれたままのハコヤナギで沸きます。もうすぐ☆や#だけかじって……。

（パート5）

この手紙を、ちらっと読んだだけで「わたし」にキョウコは、すぐにこうささやく。

——ありがとう。
わたしもふうちゃんのこと好き。

（同・最終部）

たぶん「事実」はこのとおりではないと思う。けれど、詩人が時間の巨大な潮流を泳ぎ抜いたすえに、それまで語る術を持ちえなかった何事かを、かんなぎのような光と影とともに語りはじめた、その場面に私たちは立ち会ったのだという感が深い。心理小説みたいに、キョウコは「わたし」だったのだと言ってもはじまらないが、たしかに、キョウコのなかに絶対的ともいえる悪を見る「わたし」と、絶望的なまでの高貴さを見る「わたし」は、ともに自分のなかにおなじものを感じて戦慄するのである。そのときは、気がついていないけれど。この引き裂かれた自分の、いわば引き裂かれの図を正確にトレースしたのが「キョウコ」における、あやしいまでの開示の意味である。たくましい修辞と論理の主である人格に対し、非礼と知りつつ仮定するのだが、関富士子が詩人でなかったとしたら、つまり世界を分割しうる言葉（ロゴス）を持ちえなかったとしたら、自己の統合に失敗していたのではないか。

「キョウコとは誰か」という問いに、試みに答えてみると、それは詩人の宿命的な「女─友─達」だ、と言うことが可能だと思う。それは詩人の宿命を支配し、けれど詩人はいまそのことについて初めて語りだした。ある齢に達し、もつれた糸がほどけるように、心の奥のひび割れて渇いた核が水を得てゆくように。「詩は青春の文学」という日本の詩の常識（？）は、どうやら過去のものになりつつあるようだ。

（二〇〇三年開扇堂刊）

池山吉彬詩集『精霊たちの夜』断想

けっきょくはいただく形になってしまったのだが、久しぶりに自分が欲しいと思った作品集をもとめ、読み、堪能した。そんなにたくさんではないけれど、恵与されることのある詩集のなかに、これは、と感じるものは数少ないながらあるにはあるのだが、自分からもとめる気になってつてを探り、得た詩集を読んで、堪能する、という在り方は、ずいぶん長らく経験していなかったと確実に言える（恐らく五年十年ぶりどころの話ではない）。

読後感を感動、と言ってしまえば、いっそ八月にやればことはダモクレスの剣みたいに焦点を結ぶのに、厄除けにもならない初詣でをしたどこやらの首魁《しゅかい》の口吻《こうふん》にも似るので避けてお

『精霊たちの夜』草原舍刊、2003年10月。ISBN4-921224-18-8　定価：2000円（税込み）

く。それならばここに置きたいのは、この詩集の「あとがき」における次のごとき言葉であるべきだろう。《同世代と思われる養老孟司氏は、塩野七生氏の言葉を引いて、われわれの世代は「夢もなく、怖れもなく」生きる世代であると述べているが、私には「怖れ」だけはあったようである。》そしてつづけて、世界に満ちる理不尽な暴力による死者たち、ニューヨークの、パレスティナの、イラクの、その彼ら彼女らを葬るべき儀式もなく、指導者たちは続々と新たな死者を生み出すべく準備していると書く。ここで言われている「怖れ」とは個人的な、ほぼ怯懦《きょうだ》に通じる意味での恐怖感ではなく、恐怖感なら一介のヒトとしての自分が、例えば世界のすべてでもあるようなときに感ずるであろう恐怖感、「恥と怖れを知れ」という意味での畏怖の感情ではないかと私は思う。

ひとつの崩落を見た者として、それらの死者に無関心ではいられない、と詩人はつづけるが、崩落とは彼の体験である、一九四五年八月九日、長崎市民に対しておこなわれた原子爆弾による、万余の単位に及ぶ大量殺戮という蛮行のことを指す。かつて、核について、それは人間の科学的な達成によってもたらされたものであり、生み出した人間の科学的水準の高さによって、核の諸矛盾は必ずや解決されると語った老思想家がいたが、八〇年代当時の政争の具としてもみくちゃにされた核問題の醜態の一面を、それは「記述」するものではあっても、問題の本質に光を当てているものとは私には到底思えない。愚者が同時に最高度の文明の王であることが珍しくないのは、有形無形の多くの史実に、その興亡とともに明白なところである。それどころか、いろんなことがめちゃくちゃになって来始めて、いよいよわれわれの生存さえも危ぶまれる事態の接近がこうまで具体的に感じられるようになると、ほんの十年まえくらいの暮らしまでが、ありえなかった夢まぼろしのように思えてくるから不思議だ。そのことを詩人は、おとなしやかな挙措でそっと、しかし鋭利なメタファーで示すのだが。

作品集は四部に分かたれ、作者によればこのうちパートIとIVとが近作で、いわばこの詩集の中心的な軸をなしているが、私見ではもっともシリアスで力のこもった重厚な作品群といえる。そしてIIとIIIの中核を形作っているのは、(シリアスでないというのではない)いわば喜ばしい、作者の積年の技倆と、おそらくはそれ以上の才が然らしめている、みごとな佳什《かじゅう》の花々である。このIからIVまで、少しずつ、覗いてみたい。

この詩人としてはいわば籠手調《こてしら》べにすぎないのだが、例えばミラノで遭遇した雨はこんなふうに描かれる。《おおい　天が抜けるぞ――／すると　スフォルツア城からダンテ通りを／白いしぶきが　轟音とともに駆けてくる／おおい　天が――／街が一瞬にして暗くなる／広場に面した土産物屋の店先で／濡れてさがる旗》ぜんぶを言い切っているというのではない。が、このうえもなく正確に、そのときの音、光、匂い、大気の感じまで伝わってくる。一般的な雨、というものは存在しない。それは必ずsomewhereにおける、特定の時間のなかでの雨である、という意味で、詩人の描く雨は言語や文化や地誌歴史、季節をふくんだ具体性としてここに立ち現れているといえよう。こういう顕現は詩集『精霊たちの夜』のいたるところでスパークしているのであって、ちょっと憂鬱・皮肉性らしい詩人の文明批評的な側面は、こういう喜ばしさ、唸らされる技に嬉遊するもうひとつの側面に裏打ちされたものであることは、気づいておいていいのではないか。この作品「歩廊《ガッレリア》」に加え、「サルヴァトーレ」「ソンブレロ星雲」の三作品を、私はひそかに「ラテン三部作」と呼んでいて、こういう向日性がシリアスさとはまた違った高さに通うものであることは、ある種、平安期の歌や江戸前期の俳諧にも繋がるものではないかと、これもまた私はひそかに忖度《そんたく》しているのである。

文明批評といえば、まるで箴言《しんげん》のような犀利《さいり》な詩行の数々を、ここで眺めておいてもいいのではないか。《扉はいつも前触れもなく叩かれ／世界はいつもこなごなに砕かれる》（「儀装帆船の夜」）、《ユダヤ人だから助けたわけではない／この村だけが助けたという話でもない／そう言って　村人は口を閉ざす／あたりまえのことをしたのだ／夕餉の支度をするように》（「白い道」）、《突然の惨劇に襲われたマンハッタン／の空へ／理不尽に放り出され／世界中の刷りたてのグラビアの谷間を／男は今も墜ちつづけている》（「墜ちる男」）、《ユビキタスなんてはしゃいでいるうちに／世界には新しい帝国が生まれ／指をちょっと立てるだけで／ひとつの国をつぶしてしまう》（「シーマ」）、《破れ傘（註：キク科の多年草の名）が消えた日／森に／きれいな舗装道路ができた日から／凹面鏡でのぞいたように／世界はすこし歪んでいる》（「破れ傘が消えた日」）……。

これらは、憤激であり、悲しみであり、祈りでさえある言葉の数々なのだけれど、それを詩人はみごとな工芸品みたいなコンポジションのうちに発現させる。これを詩人の（作品のための）冷徹や自負のあらわれと見るのは、たぶん、当たっていない。逆に、これらの言葉のテクニックは、言わんとするところを読む者に狂いなく、確実に届かせるためのやいばであり、それを鋭くさせる砥石であって、憤激や悲しみや祈りを深い湖みたいに湛えた詩人のこころから見るとき、私はこれらにむしろ含羞のあらわれという表現をこそあてはめてみたい。

Ｉにおける諸作がこの作品集の冒頭にある、というのはやはり理由のあることだと思う。さっき、いろんなことがめちゃくちゃになって来ていると言ったが、そういった焦眉の、医療や行政や計数にかかわる、ほんらいは詩のテーマとはなじみにくい領域のことどもがある裂け目として（これは、文学的な言い方ではない）、全世界的に、普通の生活に接近してきているということ、そしてそれが詩の世界を歴然と覆いはじめたテーマとなってきたこと、こういうことはここ五十年百年のスパンをとってみてもありえなかった事態なのではないか。Ｉの作品群をひらくとき、そういったテーマの数々が、二十世紀の入口で例えばフランツ・カフカが目撃した悪夢にも通じる、粟立ちを覚えるまでの達成（そう、言い切ってよい）として、静かに差し出されているのを私は見る。けっして声高ではない。だが、やいばと砥石は極限まで研ぎ澄まされ、メタファーは作品の全体に溶融して、夜の深い闇のなか、アレルギーを患う男がつるつるの絶壁に、てのひらと革靴の両足だけではりついていたり、果てしない海に女が浮いて、男に何事かを呟いてまた沈んでいったり、被爆して死んだ兄の背に埋め込まれた「白い光の毒」を、死んだ母が銀色のピンセットでたんねんに抜いていたり、あるいは水鳥で有名な三番瀬から望む、「年ごとに　ひどくなる」沖――だがこれらは単なる無色の幻ではなく、沈黙なら沈黙の手触りや冷気までが伝わってくる、驚嘆すべきリアリティを持った悪夢なのだ。

そしてこの詩集のタイトル詩「精霊たちの夜」。作者によれば、このタイトルは年を重ねるのにしたがって身近にみまかる人が多く、彼らを見送る思いを込めてつけたという。この、精霊の読みは詩人の出身地を考えると、セイレイではなくショウロウではないかとも考えられるがそれはともあれ、藁の舟に精霊を乗せ、満天の星の下、少年だった詩人が沖まで泳いで舟を押してゆくところから詩ははじまる。家紋付きの提灯や黄ウリ、西瓜とともに精霊たちはにぎやかに沖へ行く。だがいまふるさとに満天の星空はない、と詩人は書く。《ひとびとは　ことさらに巨大な精霊の舟を作り／紙吹雪のように爆竹をばらまき／銅鑼を鳴らし暗い天に向かって／ひたすら花火の銃弾を打ち上げるのである／街中を練り歩いたあと　舟たちは／すべて人寂びた浜辺に座礁し／夜をこがして　あかあかと燃え続ける》この最後の連は、現在の池山氏が故郷で見るところの精霊流しの光景かも知れないが、少年池山吉彬が満天の星の下で体験した、祭礼の終わりの実景と二重写しになっていると、読むこともできるのではないか。宗教それ自体に向けられた祈りというものはあり得ない（E・M・シオラン）。それと同じように、祖霊が、神が不在の精霊流しは、厖大で果てしなくむなしい蕩尽にほかならない。いま全世界的な規模でこの蕩尽は粛々とおこなわれつづけている。だんだんと無意味なものとなりつつある、人間がするあらゆる行為、手段、目的などを、座礁し燃えつづける精霊舟に譬えることももちろんいいけれど、詩人はこのむなしい炎という骸《から》のまえで、少年の日に見たうつくしい幻影でも見るみたいに、もはや陶然と立ち尽くしているかのようでもある。

（二〇〇三年草原舎刊）

福間明子詩集『東京の気分』断想

九月の最後の日、福間明子《めいこ》さんから『東京の気分』という詩集を頂いた。この本のことについて、すこし書きたい。

まず思ったのは、ここには非日常というものが存在しない、ということだ。言い換えればここには、生きている、あるいは死んでゆくということへの覚醒《おどろき》に深く介在した幻はあるが、ふつうの人生というものに退屈さをしか見出すことのできないたぐいの、いわゆる非日常は存在していない。いみじくも、詩集のタイトルは「東京の気分」であり、同タイトルの当詩集パート2をまえに、私どもこっち出の人間などはある種の緊張をかすかに覚えたりもするけれど、

『東京の気分』夢人館刊、2003年10月。定価：2000円（税込み）

冗談はさておき、これらの詩を読むと、東京も含めまだこれほどには荒廃する以前のヒトの生活、文化といったものの匂いを嗅ぐ思いがする。

それは何も日本人の、という限定を付す必要はいささかもない、すべてのネイティヴな在り方というものを指している。伝統的というとすぐさま因襲的という言葉がやまびこのように返ってきそうだが、では芭蕉を、西行を、源氏を、溯っては万葉のなかにある夢幻と影を、否定するのでなければどう理解するのかというと、それらはぜんぶ「因襲的」生活への理解を抜きに語ることはできないのである。次のような言葉がある。「この世の中には、単調で因襲にしばられた生活の中でしか見えてこない節度というものがある。それがはらわたの底に沁み通って発する声がある。」(安東次男『花づとめ』より)

福間さんの詩のなかにはまさに、はらわたに沁み通って発する声があり、それが幻を呼ぶことは、あたかもまず詩があって喩があとから来る(その逆ではない)事情と通底している。部分的な引用ではなかなか、味わいを伝えるのがむつかしいが、例えばきものの染め直しの黒をどんな黒にするかということで、「舞台の袖でちょっとばかり目障りな/黒子の黒」とか「冥土の黒」、あるいは「墨衣の墨染め」の黒かと喩的に迷う作者のまえで、うーんと唸る「むかし気質の職人さん」に見るごとき(「たわごと」)、また例えば初夏の「オカタヅケ」で力仕事をしたすえに「さて/家に残っているのは/わたしだけ/シンとして/本日も空は碧い」の「わたし」が、家事を好まぬ出来損ないの主婦ではないしたたかさを備えた、広大な空《くう》のしたでぽつねんと自足している詩人に思えてくるごとき(「空は碧い」)、その志操の高さが香ってくる自由律詩というのは、明治近代以降、ありそうでいてなかなかあるものではない。

先に幻と書いたが、ご実父の死までを描いたパート3の「山笑う」は、それ以前の特に痛いほど哀切な「八月九日に想うこと」などとともに、一曲の能のようだ。もともと、この作品集における福間さんにはそういうところがあるけれど、彼女にはこの世と、言うなれば向こう側とを相渉るようなところがあって、それは「空家」での、雨の降る日に豊富な物音や光を感じたり、「野分」で絆を紲と表記する意識や、「月を肴に」の「ゆめのまたゆめ」の月あかりの道をほろ酔いで帰る（だが、どこへ？）姿勢にもあらわれている。また、「東京の空が／すみれいろに染まる／美しい時間を待っているわたし」（「窓に映るのは空でなく」）は、けっしてサムいポエムにうっとりしているなんかではない、例えば武田百合子が富士の裾野で幻視した東京の夕空のまがまがしいまでの色（『富士日記』）を思わせるのであって、繰り返すようだが、福間さんにとって「あちら側」はあんがい近いところにある岸辺なのだ。むろん、あちら側が幻なのではなく、幻影に近いのはむしろ、「こちら側」の方であろうが。

謡曲のようだと書いた「山笑う」の章は、その意味で、またあらゆる意味で、作者一代の正念場という気がする。この感じを何に準《なずら》えればいいのか、彼女はここでまさしく、イッセイとともに登場する、（ほとんどの場合死者と対話する）ワキ僧みたいだ、とでも言えばよいのだろうか。

冒頭の、彼岸に墓に詣でる「またおいで」は、この世界の導入部であるが、それは同時に祖霊となった父に会いに行く、ほんとうは真の始まりかもしれないこのパートの最終章のようでもある。物語の進行は次の「つつがなく」から展開してゆくけれど、つづく「草々」における父と娘の手紙のやり取りが、次第に、違う世界との往還めいてくるのと重なるように、前略ではじまる手紙の末尾の決まり文句が、その世界からの風に戦ぐ草々の葉に見えてくるのは私のひが目か。タイトル詩の「山笑う」の冷厳な現実に対比された、雲雀が鳴く菜の花畑は、じつは作者にその現実と同時に訪れている明晰なディヴェルティメントのような気がする。誤解のないように言っておくが、嬉遊曲とはあくまでもモーツァルト的な、「あちら側」の接近としての、という意味である。作者が覚えた不安と恐怖は、また別の話だ。

西行といえば月と花の、その代表的な花の歌を引いた「ねがはくば」、その、自体こころに沁みるすべての詩行をこえて、とりわけてこころに沁みる「一番は山桜だと言う父の／残念を奥深くしまいこみ／家族は帰って行く」における「残念」はもちろん、残念賞などのそれではなく、武道でいうところの「残心」に近いものだろう。これは詩集さいごの、序破急の急みたいに未練を遺さない「彼岸桜」で、父の墓に家族でお参りして帰るとき、故郷の土地にこれから先誰も住まないから、さっぱり売り払おうという話のあと、「さりとて／サッパリとはなれず／そこいらの早蕨を摘んで／心を残す」と同じ用例と思う。こんなとき、山桜とか早蕨《さわらび》とかがからんでくるのは、思いがけないような気もするし、やはりという気もする。こころがゆさぶられる感じは、ここに千年という時間が顔を覗かせているためかとも考える。

このことは、さいごに近づき、詩の口振りがだんだんと律動をともなうようになってゆくこととも関係があるのではないか。それ自体が定型詩に近づくという意味ではけっしてないけれど、西行もそうだが額田王のニキタツの歌を引用する折に見られる風韻や、「気丈でいよ」と三度繰り返されるリフレインの最終の「気丈でいよ　母」における肺腑を衝く着地感を持った措辞（「詮無きこと」）、また「潮もかないぬ今は漕ぎ出でな／と　ばかりに死出の旅へ／いいではないか／歌舞いたとて／なんの咎があろう」（「潮時」）の「歌舞」く、という舞いの手のような、恋人のような振舞いが、じつは父の延命装置を外す意と知るとき、私たちは詩のその因ってきたるありどころを、痛烈に告げられるのである。どうして詩の初期、というか、詩の歴史の大部分が（非口語的）定型詩であったのか、という問題を含めて、である。

このように詩集『東京の気分』を読まれることを、あるいは作者は望んでいないかもしれないが、私はこのように福間さんの作品を読み、そしてこころを動かされた。読後感はまったく湿っぽいものではない。「残念」はあるが乾いて明快なこの印象は、さっきも言った謡曲の、別しては狂言のそれに似て、しかし笑いや泣きの明快さ、乾燥度が高ければ高いほど、悲しみは深く、現世は幻に近い。

（二〇〇三年夢人館刊）

水島英己詩集『今帰仁で泣く』の気づき

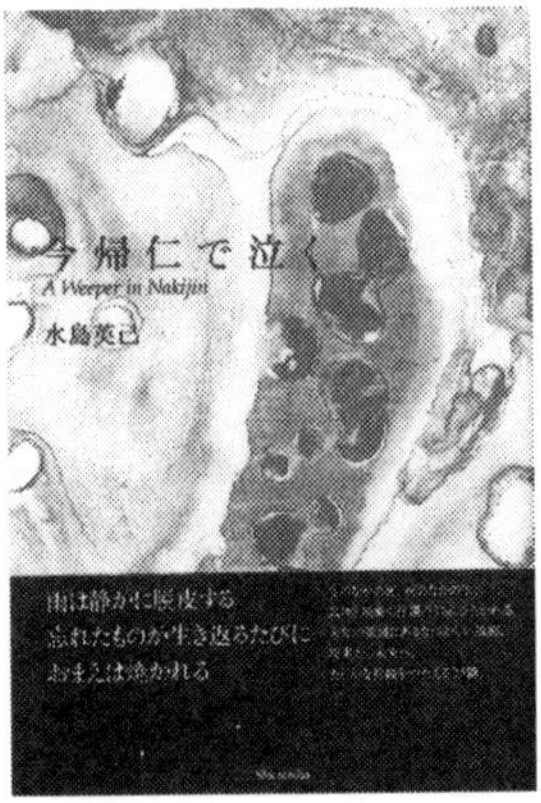

『今帰仁で泣く』思潮社刊、2003年7月。ISBN4-7837-1368-5　定価：本体2000円

水島さんの今回の『今帰仁で泣く』（なきじんでなく）はその「あとがき」にもあるけれど、一九九五年四月の『気のないシャーマン』以来、八年目の詩書上梓ということになる。ちなみに、と言ってはわるいのだけれども、装幀は前著と同じ高専寺赫さんで、おそらくゲラないし原稿を深く読み抜かれたとおぼしい書物の意匠は、前著は前著なり、今著は今著なりの作品世界の推移を、きわめて特徴的に表していると、私などには思えるのである。

前著におけるシンプルな聖記号のような形象を配しただけの意匠から、今回の種子みたいなものをくろぐろと抱えつつ渦巻きあるいは散りかかるごとき濃密なデザインへ。それは同時に、ある種の透明さ、静謐さをたたえながら、この現代都市というもののなかに神話の可能性を探っていた前著から、否応なく同時的なものとなった（八年前から比べて！）世界に対する、さらには文明そのものの根幹に対する問いを鋭くさせた、この『今帰仁で泣く』への移行をはっきりと示していると私には感じられるのだ。

作者の意図であるのかどうかは分からないけれど、『今帰仁で泣く』をずっと見てゆくと、時系列というのでもない、ある筋のようなものが浮かび上がる。というより、この詩集をむしろ後ろのほうから前へ、読み辿ってゆくと、あふれでる奔流のつよさのゆえに、散乱し、ねじれ、砕け散った「知」に属するイメージや語句や概念が、書物を遡行するにつれ、次第に一本の大きな流れに集約されてゆく印象がある。

やはり、われわれは間違っていたのではないか？　その、大きな流れのなかに琴線のようにふるえている感覚を、仮に言ってしまえばこういうことになる。誤解を恐れずに言えば、だ。それは、今帰仁グスクにたたずんで、猛禽類のようなセミの声を浴びている作者の心に穴を開け（「今帰仁で泣く」）、暗夜に南の海の岩礁に鳴く海鳥の声をまざまざと聞かせる（「「光の落葉」を読んで、あるいはプライベートなアーグ」）。また、ウイチタの滝まで遡上する鱒となって釣られ（「渚の自転車」）、狂女の恐ろしいほどの透視とシンパシーの目撃（「友だち」）、その彼女に同情されたビーという女性が体験した不思議な牧場のサークルと、別の夜に見たユーカリの木のおびただしい光（「サークルやユーカリなど」）。

これらは、メタファーや知が行きついた果てに自らを否定するたぐいの、非知や表現の放棄とは違うと思う。言い換えれば人智を超えたものを信憑するのではなく、単純に、人間というものの限界を理性によって知るということだ。科学技術のとどまることのない発展はその極に達した結果、二十世紀末になって、飢えの克服によるさらなる飢え、豊かさへの志向を原因とする絶対的貧困、冷戦の恐怖から解放された結論としての果てしない戦争状態など、文明という名の野蛮さを数限りなくもたらした。三十年前、二十年前、いや十年前とも世界は決定的に異なっているのだ。非知とすれすれのところだが、「自然」を蒙昧と見なさないこと。このことが神話や、その世俗で築かれた伽藍としての（源氏）物語や、作者のルーツとも重なる南西島弧の歌謡が拡げる詩の空間のうちに、静かに気づかれているのではないか。

作者はその同じことを、別の面から、山尾三省やゲーリー・スナイダーを語ることを通じて、次のように、作品の註のようにして、書いている。

（山尾三省やスナイダーについて）彼らの生き方にすべて共感するというのではない。無機的で、自然のどんな息吹も感じられないと独断している、この身とそれが置かれている環境が、実はなにか大きなネットワークの網目のようなものとしてやはり存在しているのだということに気づかされるのだ。（「光の落葉」を読んで、――」）

そして水島さんは言う。「この気づきは、不愉快ではない。欠如を言い立てられているとも感じない」と。

もともと水島さんは、抒情の繊細と、柄の大きい長大な説話の語り手のような資質を兼ね備えた人なのだと、私は前々から思っているのだが、彼がノロのように心のウタを謡いだすときでも、抒情の先端はことごとく背後のテクストに接触して、まるでマイダス王の手みたいにすべてを批評が透過したものに変えてしまう。しかし、タイトル詩の「今帰仁で泣く」で、批評が再び巨きく環流してきて、ふかぶかとしたウタが聞こえてくる感があるのは、ある「気づき」を通り抜けてきたそれゆえなのだと私は思う。

「語りえぬものについては、沈黙しなければならない」と書いたのは、二十世紀の前半を生きた奇妙なユダヤ人哲学者であったが、人間の限界を知ることに気づきはじめたわれわれは、いかにも抒情詩の次のような詩行に、智慧の匂いのようなものを感じはしないか。

死んだきみも
生きているわれわれも
同じように
忘れ
忘れ去られる

（「川の詩人」より）

（二〇〇三年思潮社刊）

歩くように生きる

高堂敏治『シンプルライフ』書評

『歩くように生きる』白地社刊、2004年3月。ISBN4-89359-226-2　定価：本体2000円

今回、高堂敏治氏から『シンプルライフ』という本を送っていただき、前号の氏の『索』（坂井信夫個人詩誌）における拙著書評へのお礼というわけではないけれど、これを読んでこもごものことを考えさせてもらった。その感想のようなものをお返しできたら、と思う。

ファストでなくスローに生きること、本来あるべきところに立ち帰ること。本書三十頁に、「ところで、歩くように考え、また歩くように生きられないものだろうか？」という一節があるけれど、一口に、あるいは一息に言い切れば、高堂さんの世界に対するスタンスはそういうことになろうか。歩くこと。私にも覚えがないではない。小さな疼痛とともに思い出す、ランボーの、中也のそれに似せた、無頼さをともなった歩みのように。武陵桃源とかさなって見える家郷へ、断固として踵を返した陶潜の歩みのように。

高堂さんは、晴耕雨読や、(たとえば)隠棲すなわち世に隠れるということについては、繰り返し、「インテリ殺し」「東アジア的思考」という言葉をもちいて慎重である。それは次のような、ある意味では先鋭な、近代主義的な発言と同居している。

高度資本主義のレベルに達した社会は、人間が呼吸していく快適で健康な生活環境も、商品化していく。資本という貪欲な欲望は、そのシステムの成熟の度合に応じて、人間を包む生命環境も商品とせざるをえないのではないだろうか。(85〜86ページ)

これは同じ章の「たとえ危険なしろものであれ、原子力やコンピュータを造りだした人間は、今度はその科学技術を駆使して、人工的に自然を造り出すレベルに入った、というほうが確かなような気がする」という言明に接してゆくものでもあるけれど、これはむしろ高堂さんの、おののくようにセンシティヴな「草莽《そうもう》」への想いと表裏のものなのではないだろうか。

高堂さんの村上一郎論を読んでいないので*無責任な発言になることを懼《おそ》れるが、いままでに『索』に載せられた文章や今回お送りいただいた氏の詩集の読後感を含め、性急に言ってしまえば、氏の若年における「草莽」は、過激なイデオロギーへとなりおおせなかった挫折の結果、むしろより普遍的なものを有する「水平性」を持ったかに見受けられる。というより、誰もがいまの社会に欠け落ちているとか感じ、癒すとか癒されるとかいうのではなく、もっと火急に、ただちに手当てしなければ取り戻せない致命的な火傷のようなものの所在を、その解決のための方向指示器みたいなかたちとともに、わかりやすく、いうなれば老熟という完成形のうちに示すものかと私は思う。それだけ、「草莽」というものは誤解されやすい、私は、まあ、危険思想のうちに未だにある理念だと思うのだ。高堂さんは慎重なので、つねにアンチテーゼと表裏のかたちで読者に差し出してくるけれど。

高堂さんは「菜園」という二十数年来の、もはや膏肓《こうこう》に入ったともいえる道楽を持っている。文字どおり、野に在り、土と接することをよろこぶものだが、そういう、たとえば生きるための糧と理念をそこにもとめるという意味でのライフスタイルを指して「草莽」なのではない。もっと肩肘の張らない、道楽の野菜作りのために草抜きをし、害虫を除き、天候を気遣うといったことの具体性が、次のような認識と自覚をもたらす姿勢を指して（別の言葉でもいいけれど）「草莽」なのだと言いたい。

（…）私自身が家族を成し、子を成して、それぞれの子が自立し、私が老いに向かっていくとき、そのプロセスが人間の悠久の価値のなかにあるのではないかと、このごろ考えるようになった。（91～92ページ）

これは非日常性に惹かれ、日常性を嫌悪したと思しき若年時代を静かに否定する氏の現在の世界観ともかさなるものだろう。少なくとも、非日常性と日常性の間柄を、詩と非詩に擬するのは間違いかと私は思う。非日常性は日常性と対立した裂け目に爆発する狂気という視点から一歩進んで、むしろありふれた日常性そのものを、祝祭に連続し、それを根拠づけるひとつの深みとして考えなくては（あるいは逆に、祝祭そのものを、日常性に連続し、それを根拠づける深みと考えてもよいが）、人が生きるということの意味は見出せないのではないか。詩も、「人間の悠久の価値」も、その日常性ということの深みから発するように思う。

　こんなふうに日常性を考えるのならば、昨今の、卑近な例でいえば、誰でもがテレビに出るような有名人、成功人になりたがっているごとき社会は、どこか異様だ。それは、生き物でなく「食料」としての牛の効率的な生育のために、肉骨粉の投与などの共食いをさせた結果、BSEほかをもたらすようになった高度に先進化した社会の在り方と、どこかで繋がっているのではないか。「駄目なエコロジスト」と、高堂さんには嗤《わら》われそうだけれど。けれど高堂さんには次の、こういう言もあることを忘れてならない。

> 野菜が成育しはじめたら、できるだけ朝夕こまめに観察すること、そして、そこに観察することの楽しさを発見できればいうことはない。（…）私は無農薬主義ではないので、軽い薬剤を初期段階で使うが、虫も寄りつかないほど薬剤を散布した野菜は食べる気がしない。いろんな人から草抜きや水遣りが大変でしょう、とよくいわれるが、この丁寧な草抜きや水遣りが野菜を観察するチャンスなのだ。（121〜122ページ）

この「野菜」を「子供」のメタファーとして考えてみれば、どうであろうか。私たち夫婦には子供はいないが、自分の甥や姪を赤ん坊時代から面倒を見た妻に言わせると、子供がむずかり、地団駄を踏み、泣き叫ぶ場合、多く、おむつが濡れていたり、お腹が空いたり、眠たがっていることが多いけれど、それらは言葉は交わせなくても、よく子供に接し、観察することで、かなり正確に判断できるそうだ。しかるに、最近電車の中などで、子供（というより幼児）がそういう状態に陥っていても、お喋りに夢中であったり、どうしていいか分からずおろおろするばかりだったり、極端な場合、無視を決め込む母親が目立って多くなってきたと言う。引用の例にあてはめれば、丁寧な草抜きや水遣りを欠いて「虫も寄りつかないほど薬剤を散布」されるか、でなければ、一滴の薬剤も与えられない人間が、そういう人間を発生せしめる条件とともに、徐々に増えてきているというところであろうか。

それ以前の問題として、いつから親たちは子供とともにあることを、幸福な楽しさではなく、負担や苦痛と感じるようになってしまったのか。子供は家にとり、彼ないし彼女が生まれる前からいた、親たちのきょうだいや友人よりも本質的にネイティヴな存在であるわけで、それだからこそ、人の胸を打つ聖書の「蕩児の帰還」が、拠り所のひとつを失いかけているというのは、じつは大変な事態なのだと断言できる。家というものが、性を基本に成り立つ概念であるとしても、それは冗談にもポルノグラフィーと同一視できようもない、「悠久の価値」を構成する厳粛な要素であるはずなのに。

「草莽」という語を、漢籍（『孟子』か）のなかから探し出してきて無理やり「革命思想」に仕立て上げた、それなりには理由のないこともない江戸期に発するファナティシズムに私は与するものではない。だが、草と莽と、いずれもクサの意の語義どおりに（できるだけ低いポテンシャルで）この漢語を解すれば、野に在ること、無名であることに積極的である姿勢とかさなる、たとえば人間に対して自然に対して、食べたり飲んだりすることを含む生活に対して、「草抜きや水遣り」を怠らないといった、現在のグローバリゼーションが目指すところとはむしろ反対を志向するひとつの智慧が見えてこないだろうか。

本のはじめのほうに「老熟する勇気」という章が置かれているが、現在ほどアジアにとって、あるいは日本という地域にとって、老いるということが貶《おとし》められた時代はちょっと珍しいのではないか。若さに価値を措く思想は、いにしえには「若宮」や貴種流離の考え方に見られるけれど、それは老いることへの恐怖や老人蔑視とはあきらかに異なる、寛容さやゆるやかさを有するものであった。いっぽう「もうろく」や「老いぼれ」の言葉は当然存在するとして、しかしかつて「古事《ふること》」や「老」「翁」「嫗《おうな》」は貴ばれるべき聖性であり尊称であったことを鑑みれば、現代人がいっせいに志向する「若さ」なるものが、ややもすれば（たとえば社会的肉体的弱者にとってはある種酷薄な非快適を強いるごとき）かなりの程度歪んだ側面を持っていることが思われる。

この本を読んで、共感したのは、私事になるけれど、私自身が大病をして、ベッドのなか、外泊での家居、また不自由であった時期の外歩きなどで経験したことと響き合う部分を見出したからである。病気になったことと関係があるかないか、分からないけれど、次のような言明を読むと、ある、かすかな疼きに似た後悔のようなものを感じる。高堂さんはまったく正しいことを言っているのだ。

（…）こんなことはとても嫌だなあ、と思ったらすぐやめること、ちいさなことでも信義に反することはすっきり断ること。つまらない虚栄を捨て、また、その捨てることができるというプライドをもつこと。（153ページ）

（二〇〇四年白地社刊）

＊高堂敏治著『村上一郎私考』（一九八五年白地社刊、後に読了）

表現について

このフリーペーパー（小樽で発行の『ロックと詩の輪』）の編集発行者から、何か詩論のようなもの、あるいは広く文学についてのエッセイを、との依頼があった。さて、あらためて詩について、文学について考えを述べよということになると、いまその真っ只中で読み、書き、思いを巡らしている身としては、なかなかこのことを対象化しにくい。同じく茫漠たるものの、そんならもっと根のところに思いをひそめてみたらどうか、というのが一文のタイトルの発端であった。

人にとって表現とは何か、という問いのうちにある表現とは、むろん詩も物語も音楽も美術も当然のことながら、舞踊も演劇も、また日本のことでいえば、華や茶、聞香《もんこう》その他を含み、背後にはさまざまな地誌歴史が想定されるのだけれども、これを文化的活動と考えれば、数学や手品や賭博などもその範疇に入れることが出来ると思う。なかなか一言では片がつかないのは事実だが、共通する根底に近いものについて、ある目測がはたらいてきたような気が、このごろ、私にはする。

数学や手品や賭博などが、たとえば文学とか美術などと共通する範疇だと言えば、いかにも奇矯なふうに聞こえるかも知れない。だけれどもそこに、かつてわれわれのはるかに遠い、あるいはごく最近までの先祖の生活に生きて存在していた、神々や霊の時間の介在を想定すれば、それほど乱暴な放言だとは思えない。このうち数学は、もとをただせば神々への讃歎に起源する数理の術（占星術や易学など）であるし、手品は文字どおり魔術（magic）で、ことは論理による非論理的イリュージョンではなく、人の手業《てわざ》を通じてもたらされる厳密に論理的な幻影ともいえる。ここに論理の仲介がなければ驚きはありえず、神秘はまさに論理のさなかに顕現するのである。

さいごの賭博については、古代インドの叙事詩『バガヴァッド・ギーター』のなかに次のようなストーリーがある。

ドゥルヨーダナはそこで数々の失敗をして嘲笑され、怨恨を抱くとともに嫉妬に苦しんだ。彼はユディシティラと賭博をして彼を滅ぼそうと企て、ためらう父王を説得した。

（…）賭博の達人であるシャクニがユディシティラと勝負をした。ユディシティラは負け続け、全財産と王国を取られ、弟たち、自分自身、ドラウパディーをも賭けて取られた。（…）ドゥルヨーダナたちは老王の処置を不服とし、再度ユディシティラに賭博を挑んだ。今度は、敗者は十二年間森で暮らし、十三年目には人に知られぬように生活しなければならない、という条件であった。ユディシティラはまたしてもシャクニに敗れ、妻や弟たちとともに苦行者の身なりをして森へ出発した。（岩波文庫版「まえがき」の要約より）

これを見るとユディシティラは懲りないやつだと思うほかに、賭博が古代から恐らく世界中に行われていたものであるのが分かるけれど、単なる史料として『バガヴァッド・ギーター』を扱うのでないとすれば、この賭博という行為に宗教的意義をみとめることができるのではないか。いわば道徳の系譜の彼岸にあるものとして。

賭博がもともと神意を問う卜占《ぼくせん》に淵源を有することはいろんな事実がこれを指し示している。賭けに負けつづけるユディシティラが、ある大いなるものの意思によるdestinyのもとにあることは想像に難くないけれど、それは彼がこのことを乗り越えて何か大きな成功に導かれるごとき、近代小説を読むような気持ちでいると躓くことになる。この叙事詩は諸王、諸王子、諸聖者、諸勇士、また高貴であったり下賤の身だったりする女たちが登場し、子を生み、遊び、闘争し、国が出来ては滅び、といった複雑なタペストリーみたいな物語の末に、最後の戦争があって、すべての登場人物の絶滅でもって幕が下ろされる。すべては存在したのであり、それは同時に非存在であったのであり、無はなく、無がないということもない。このような現象として、現象それ自体の属性(高さ)でもって、世界は祭祀されるべきものだという思想が『バガヴァッド・ギーター』を含む『マハーバーラタ』という大叙事詩の根底にはあると思う。負けが込んでも懲りないユディシティラは、赫々と炎えつづける世界に投げ込まれた祭祀の香木のようなものではないか。

この祭祀の時間というものが、後代になっても、表現のうちに影のように内在しているのを、私たちは多くの局面で見ていると思う。われわれの周りを考えてみてもハレとケがあり、日常の時間と祝祭の時間とがあり、男と女、大人と子供の、またそのいずれでもないというこの、いずれかに属する時間があり人間がいて、そういう意味ではわれわれが「何者でもない」存在でいるということは、実はかなりの程度、考えにくい。百年や二百年どころではない長い間、この祝祭と言い祭祀とも言いうる核(コア)の時間を中心にして、われわれの祖先は飯を喰い、労働し、子孫を残してきた。飾らない日常のなかに安んじているのは「何者でもない」ことではない。人間存在を生体そのものに還元できないように。また、プライベートだから何をやってもいいというわけでもない。日常が日常であり得るのは、そうではない祝祭や祭祀に根拠づけられているからである。またアメリカ的な成功物語のごときではない日常の有意味性のなかにいるからこそ、日常の言葉ではない(例えば)歌や祝詞や託宣などの表現が、ある迫力を持つ詩であり得るのだ。

言葉に「それ自体」を表すすべはない。いささか旧聞に属するが、ヴェーゲナーという学者がいて、その人の説によると発生時代の言語はすべて喩であったそうだ。なるほど、われわれは机を指し、グラスを指してその実体を一義的に言ったつもりでいるけれど、言われた言葉はその実体、「それ自体」を直接示すものではなく、本当はいわく言い難い「ある物」の必ずしも一義的でない表現形、いわば喩に過ぎない。言葉が対象それ自体を直接に示すものではないとすれば、「ある物」を別の非限定的な幻に置き換える表現である喩の、そういった多義性、多様性のうちに世界は構想されるべきなのではないか。言葉はいわば人からも世界からも「浮いている」のであり、それは実体と直接の関係はない。かなり進んだ形ではあれ、この問題を日本の詩に探れば、次のような例に隠見していると思う。

狭井《さゐ》河よ　雲たちわたり　畝火山　木の葉さやぎぬ　風吹かむとす

これは神武天皇后のイスケヨリヒメが詠じたと伝えられる歌で、一見すると風景を描写した叙景歌に見えるけれど、実はこれは神武天皇亡きのちの皇子たちに危急が迫ったことを知らせる諷喩の歌として『古事記』に載せるところのものだ。日本の歌や句には、いわば一木一草に至るまで心がまとわりついて離れないという特性があり、例えば雲という一語にもその「客観性」を疑わせるものがあって、このことは詩歌の時間を溯れば溯るほど顕著にあらわれかつ解読困難なものになってくるが、同じことは大なり小なり、帝国主義が世界を席巻する以前のあらゆる地域の詩に共通する特性でもあるのではないか。そういう意味で「現代詩」も大きく読み替えてみる必要があると思うのだが、ここで紙数が尽きた。

方便の構造

親鸞はその壮年の全力を挙げてものした大著『教行信証』序で次のように言っている。

あゝ、弘誓《ぐぜい》の強縁《ごうえん》、多生にもまうあひがたく、真実の浄信、億劫《おくごう》にもえがたし。たまたま行信をえば、とをく宿縁をよろこべ。もしまたこのたび疑網に覆蔽《ふへい》せられれば、かへりてまた曠劫《こうごう》を径歴《きようりやく》せん。

一見して法悦の昂ぶりが感じられるような息遣いの文であるけれど、南無阿弥陀仏のたった六文字の称名《しょうみょう》がまさに「曠劫を径歴」した末に得られたものであることが、そくそくと伝わってくる。

親鸞といえば『歎異抄』で、われわれ戦後生まれの人間などは随分とその「文学的」側面といおうか、近代文学的理解といおうか、そういう切り口で親鸞を見ることに慣らされてきた。しかし仏教でも儒学でも絵画、詩文でも、人間をひとりひとりの孤絶した個性というふうに捉える習慣を、アジアではあまり有してはいないので、親鸞もそのひとりとして一度仏法二千年のコンテクストの裡に置いてみなければ正確な像が結ばれることはないのではないか。『教行信証』が単なる「秀才の作」ではあり得ない所以である。

たった六文字の称名のために、親鸞は法統のことごとくを動員する。大無量寿経、大阿弥陀経、十住毘婆沙論、中論、浄土論、十二部経、涅槃経、華厳経……。また自らの祖として、龍樹、世親、善導、源信、法然ほかを挙げている。浄土真宗の権威付けといえば権威付け、また我田引水といわれればそういう側面もあろう。ただし仏教自体、事事無碍《じじむげ》をその本来的な性質として有しているので、親鸞がこう言ったからといって先鋭な批判や反批判が飛び交うというようには、事はどうしても出来ていないようだ。みな仏典をみなもととしているので当たり前ではあろうが、どの宗派の教典を開いても、必ず一度はお目にかかっている概念や用語、それどころか、中心となる考え方の共通性さえしばしば認められる。

そのなかで無と方便というのは形影のごとく相表裏している、そこから仏法的なものすべてが展開してゆくギアみたいな概念と言えるのではないか。『教行信証』の任意の箇所でいいが、たとえばこんなくだりがある。

またいはく、仏法に無量の門あり。世間の道に難あり易あり。陸道の歩行はすなはちくるしく、水道の乗船はすなはちたのしきがごとし。菩薩の道もまたかくのごとし。あるひは勤行精進のものあり。あるひは信方便の易行をもて、阿惟越致にいたるものあり。

苦しい歩行や難行道に比べ、そのたやすい水道の乗船や易行道はいったい何によって可能というか、根拠づけられるかというと、億劫のむかし、すでに阿弥陀仏の弘誓が凡夫のすべてを憐れんで為されているからであり、驚嘆すべき智慧の思考は凡夫に成り代わって全宇宙ですでに展開され尽くしているからだという。凡夫は考えたり苦行する代わりに南無阿弥陀仏の六文字にすがればいい。

これを言い換えるに「真理に誘い入れるために仮に設けた教え」(広辞苑)という方便の、ある発達しきった形のひとつと言いうるのではないか。「それは真実ではない」と言いつのって何かある、と私なら考える。「終わりよければすべてよし」というのは、はなはだ非キリスト教的なウィリアム・シェイクスピアの驚くべき言葉だが、結果オーライという昨今の粗雑な志向とはかなり違うと指摘しておきたい。ひとことで言うと、方便とはプロセスを最も慎重に大切に扱う繊細な概念なのだ。結果オーライは時に人を害することがあるけれど、方便は人を、心も体もその生害から慎重に逸れさせる悲の手業と言える。その意味で方便は嘘ではない。嘘も方便なのだ。方便はなぜ虚偽ではないのか。そのヒントが次の経文に隠されているような気がする。

> 如来応［供］正等覚の、性空と実際と、涅槃と不生と、無相と無願等とのもろもろの句義をもって如来蔵を説けるは、愚夫をして無我の怖れを離れしめ、無分別無影像のところ［これ］如来蔵の門なりと説かんがためなり。（中略）たとえば陶師の泥聚の中において、人功、水、杖、輪、縄［等］の方便をもって、種々の器を作るがごとし。如来もまたしかり。一切の分別の相を遠離する無我の法の中において、種々の智慧［に基づく］方便善巧をもって、あるいは如来蔵と説き、あるいは説いて無我となし、種々の名字をおのおの差別す。（『楞伽経』より）

ここに本来一切空という仏法の基本的な考え方が示されている。いまあるすべてのものはそれ自体として存在しているのではなく、すべてはすべてと縁（関係性）を持ちつつ・縁においての存在にほかならず、またそれが可能であるのは縁の障りとなるものが何もないということを基本にしているからであって、物と物のぶつかり合いや事と事の矛盾は、相対性や絶対性の有の側面のことごとくを滅してゆく無という究極的なパースペクティヴのもと、ある透脱の相のもとで捉えられるのである（「捉えられる」と観じている作用それ自体も相対化されるのだが、それはいかなる否定性でもない）。そしてこの究極の無はうつし身の「世間」道にある凡夫が受け入れることなかなかに難い。

『楞伽経《りょうがきょう》』は禅宗の基本経典でもあるけれど、同じ匂いを持つ思想は当然『教行信証』のなかにも存在するわけで、『楞伽経』における無分別無影像《むふんべつむようぞう》という恐るべき智慧を、実体本質論的にではなくそれこそ事事無碍の風通しのなかで、陶工が泥に色んな手業を加えて種々の器を作り出すみたいに、あるいは如来と説き、あるいは無我と説き、あるいは南無阿弥陀仏、乃至一念と説く。教えを説くために蜜の味で誘い、甘美な女色で誘惑し、悪徳と見まがう狡知で獅子吼《しく》して人を正覚《しょうがく》にみちびく。南無といい、阿弥陀と唱え、あるいは言葉もない臨終の気息の一念だけで、やさしい暴力みたいにことごとく、かの岸へと不捨摂取《ふしゃせっしゅ》される。すべてはそれ自身でなく、縁という名の喩（なぞらえ）であり、喩を成り立たせている鋭い無である。形象は仮のもの、ということがまるでキリスト教における愛のように語られている。ただし本質論のようにではなく、水のたわむれとして。深く究められた仏法二千年がたった一事、一言で、それまでの歴史の組織系すべてを染めて顕形《げぎょう》するのだ。ある軽やかさのうちなるこの戯楽《けらく》の構造を方便と言うけれど、その当の概念自体、何かのための方便のような気が、私にはしきりとしてならないのだが。

世界の内と外　ウィトゲンシュタイン・ノート

今回折があって、ルートヴィヒ・ウィトゲンシュタインの『論理哲学論考』を読む機会を得た。これを初めて読んだのはもう三十数年前、法政大学出版局の叢書ウニベルシタスシリーズ、藤本隆志・坂井秀寿訳のもので、わけもわからない闇雲な読破であったことは今回の野矢茂樹による新訳の岩波文庫版におけるそれとさしてちがいはない。ないのだけれども、いま読んで新鮮に思えたこと、新たな発見に類するものなどがあって、読んでいてすこし興奮した。それらのことを思いつくまま、少々書き流しておきたい。

1

『論理哲学論考』（以下「論考」とする）について、まえから気に懸かっていてうまく言い表せなかったこと、それは世界の内側と外側をウィトゲンシュタインが表現するさいの、身体を裏返らされるみたいな感覚である。たとえばこんなふうに。

世界は諸事実によって、そしてそれが事実のすべてであることによって、規定されている。（1・11）

なぜなら、事実の総体は、何が成立しているのかを規定すると同時に、何が成立していないのかをも規定するからである。（1・12）

世界が諸事実によって規定されているということは誰にも首肯されることだろう。のみならず、「世界」と言明した瞬間に、庭木や電柱や夜や空という具体物を超えるのでなく（なぜなら世界を規定するものは諸事実なのだから）、また具体物一般という抽象性でもなく、実数に満たされた、たとえばそのうちのひとつを任意に取り出してただちに指し示しうるような、「すべて」と言うよりほかないことに思い当たる。

抽象的なものはこのとき、変な言い方だけれど具体物と考えられているのだろうか。たとえばy＝f（x）というものはどうか。庭木や夜といったものと同じであろうか。この式が成立するとすれば、これは世界にとり具体的な「諸事実」のひとつなのである。他方、これが成立しないものならば事実の見かけを持った、記号の集合としてのやはり「諸事実」のひとつなのであり、また、式が成立しうる場合でも見方によっては記号の集合という側面を有する。

簡単にこの間の事情を述べるとすれば、式が成立しているとき、これを有意なものとして見ているときには、無意な記号の集合という側面は排除されている。これが「事実」であるということだ。逆に、式が成り立たないと見ている目は「成立しない式」という写像が（心理的には）たゆたうだろうけれど、しばらくすると有意性の観点から世界のなかのしかるべき場所にこの式は位置づけられて行き、この世界のなかにおける対象としてはやはり一群の無意な記号の集合そのものに戻って行く。このとき、式としての有意性は排除されるといえる。両立はありえない。どちらか（の事実）が成立しているとき、他のものは成立できない。

この排除の形式、これが「事実の総体は、何が成立しているのかを規定すると同時に、何が成立していないかをも規定する」ということの意味をなし、それを鋭く特徴づけている。私が身体を裏返らされる感覚と呼んだのも、こんなところに理由が見出される。

2

これと同じことを「論考」ではこうも言う。

非論理的なものなど、考えることはできない。なぜなら、それができると言うのであれば、そのときわれわれは非論理的に思考しなければならないからである。(3・03)

あるいはこうも言う。

(…)――つまり、「非論理的」な世界について、それがどのようであるかなど、われわれには語りえないのである。(3・031)

こういうところに、世界の内側にいるわれわれが、世界が尽きる限界(それはあくまで内側からのものでしかありえないが)に仄かに衝《つ》きあたる感覚を覚える。当たり前のことといえば当たり前で、じじつ、トートロジー(pまたは非pでない=pが何であっても真)と矛盾(pかつ非p=pが何であっても偽)が両端を成す世界が「論考」の世界でもあるのだけれど、このことはユークリッド的な「厳密さ」というのとはすこしちがう、われわれの認識の根幹が揺らぐような感じがある。ひとことで表すならその「逃れがたさ」とでも言おうか。

視野内の斑点は必ずしも赤くある必要はないが、しかし色をもたねばならない。いわばそれは色空間に囲まれている。音はなんらかの高さをもち、触覚の対象はなんらかの硬さをもつ、等々。(2・0131)

つまり「およそ空間の外に空間的対象を考えることはできず、時間の外に時間的対象を考えることはできない」（２・０１２１）のは、われわれは諸事実のすべてである世界の外側に立っては諸事実、つまり世界を考えることは不可能であることを意味している。これから導かれるのは、世界内の諸事実をかくかくであると語ることはできるけれど、それが（世界というそのものが）何であるか、は語りえないということだ。すなわち、「命題はただものがいかにあるかを語りうるのみであり、それが何であるかを語ることはできない」（３・２２１）のである。これの避けがたい構造を別の面から言う。

「複合記号「aRb」が、ａがｂに対して関係Ｒにあることを語っている。」否。そうではなく「ａ」が「ｂ」に対してしかじかの関係にあるという事実が、aRbという事実を語っているのである。（３・１４３２）

なんでこんなまわりくどい言い方をするのか。これは言語というものの基本にかかわることだからである。たとえば「机」と言っただけでは私のまえにある四角い物の実体を語ったことにはならない。私の視野を占めるある色を持ち、ある硬さを持ち、ある温度・湿度を有するものの、つまりある言いがたいものの記述形式のひとつの選択肢が「机」という記号（文字・発話を含めた）であり、別面から言えば「緑」であったり「神」であってもかまわなかった恣意性を含む「しかじかのもの」である。

なるほど、言いがたいものが何であるか、さまざまに語ることはできる。「これは机である」「それは四本の支柱と一枚の長方形のスチール板から成るあるものである」「コーヒーカップを置いても窪まないが、ハンマーで叩くと跡がつくあるものである」「午後の数時間、私が毎日これのうえで書き物をするあるものである」以下、限りなく記述はつづくけれど、ではその「机」とはほんとうのところ、「何」であるのか、つまり世界にとって何であるのか、われわれは世界の内側にいて諸事実の連関からそれを定義することはできても、その存在をいわば決定することはできない。われわれは像（aRb）を言うことはできるが、像のもとになったもの（aRbという表現のもとになるもの）を言うことはできないのである。このことは「論考」では次のようになる。

命題には射影に属するすべてのことが属するが、射影されるものは属さない。／つまり、命題に属するのは、射影されるものの可能性であり、射影されるものそれ自身ではない。
（3・13）

「論考」はこのように言語についての「論考」でもある。つまり、命題は言語へと分節化され（3・141）、いわば（私の）言語の限界が（私の）世界の限界を意味（5・6）しているのである。

3

像についての考え方が「論考」における言語観の基本を成していると言える。「私の言語の限界が私の世界の限界を意味する」、そこから導かれるのは、世界にいること、つまり対象を官能し指示し認識している、というのが「私」であるという事実、言い換えればそれは必ずしも「ウィトゲンシュタイン」や「倉田良成」である必要はないが、限りなく比喩的に言って「心」をファンクションとしない世界は誰にとっても存在しないということである。極論すれば、存在にはつねに、言うなれば「透き間」がつきまとうのだ。この透き間が、言語にとっては本質的なのである。それは像を生む。透き間のないところに像は生まれえず、言語の発生を支える心というものも存在しえない。

命題は現実の像である。／命題は現実に対する模型であり、そのようにしてわれわれは現実を想像する。（4・01）

一見したところ命題は——たとえば紙の上に印刷されている場合など——、それが表している現実に対して像の関係にあるようには見えない。しかし楽譜もまた見たところ音楽の像には見えず、われわれの表音文字（アルファベット）も発話の音声に対する像になっているようには思われないのである。／それでもこれらの記号言語は、それが表すものに対

して、ふつうの意味でも像になっていることが知られよう。（4・011）

ソシュールではないけれど、それが表す現実に対し、言語に代表される像というものの恣意性を読み取ることができる。aはbでもありえた。ある光の反射に対し、青は赤という名でもありえた。むろんそのことと、言語が恣意的でない連関・組織・体系を持つこととは矛盾しない。これについて問うならば、この恣意的でないところの言語の構造は、現実の似姿といえるのであろうか。そうではないのだ。むしろこの現実の方こそが、われわれの持つ言語の構造の似姿なのだ。「論考」もだいぶ奥まったあたりでウィトゲンシュタインは書いている。

> ひとはしばしば、あたかもわれわれが「論理的真理」を「要請した」かのように感じてきたが、いまやその理由が明らかになる。われわれがそれを要請しうるというのは、つまるところ、われわれが適当な表記法を要請しうるということにほかならないのである。
> （6・1223）

すこし筆が先走りしすぎたようだ。基本的なことは、言語は命題が分節化されたものとして、当然のことながら現実そのものではなく現実の表現としてある。これを言い換えると言語と現実のあいだ（に透き間があるという関係）は、写像関係にある。このことを「論考」は、きわめてうつくしい比喩でもって語る。

レコード盤、楽曲の思考、音符、音波、これらはすべて互いに、言語と世界の間に成立する内的な写像関係にある。（…）（童話に出てくる二人の若者、その二頭の馬、そして「若者たちの安否を表すとされる」彼らの百合のように。それらはある意味ですべてひとつなのである。）（４・０１４）

たしかにそれらは「ある意味でひとつ」なのだ。ラという音符は現実のラという音とはまったく異なるものだろう。その異質さは、音楽で言えばレコード盤の溝の形からＣＤにおけるデジタル的な情報信号に至るまで変わらない。それらが「ひとつ」である場所は、たとえ視覚的・聴覚的・触覚的に到達可能なものであっても、いかなる現実的な場所でもない。

空間的なことについて考えてみる。家の設計図のようなものは、ラという音符記号と実際のラ音との関係よりはずっと（像と現実とが）接近しているかに見える。それを基に起こされた縮尺何十分の一かの模型などはほとんど「現実」と変わりないかに見える。けれどそれがたとえば実際に居住可能なモデルハウスであったとしても、なおイデーでありつづけるのである。

モデルハウスに実際に居住するためには、つまり「家」となるためには、モデルハウス自身には属さない他のさまざまな連関（現実的な、水回りのための配管とか、電気系統の敷設とか、実際の採光とか）が要請されるのであり、それらの連関が要請されて出来あがった「家」にとり、モデルハウスというものは現在の「家」に連続した過去の姿などでなく、究極的にはたとえばふたたび一枚の設計図の形に戻って小さく保管されるような、現実の像でありつづける。こういった幻のなかで、明らかにそれの似姿と捉えうるもの、それは必ずしも、鳥を舟で、数字2を鈎《はり》で表すような空間的なメタファーとは考えないが（しかし一方、あらゆる思考はある意味で空間化されているといっていい）、すくなくとも次のようには言うことができる。

> 明らかにわれわれは「aRb」という形式の命題を像として受けとめている。ここにおいて記号は明らかにそれが表すものの似姿である。（4・012）

4

「論考」において論理空間はおおよそ以下のように示される。

> 論理においては何ひとつ偶然ではない。（2・012）
> （…）ものが事態のうちに現れうるのなら、その可能性はもののうちに最初から存していなければならないのである。／（論理的なことは、たんなる可能性ではありえない。論理はすべての可能性を扱い、あらゆる可能性は論理においては事実となる。）（2・0121）

これほど融通無碍な空間はこれ以上考えられないし、また逆に、これほど厳密な「逃れがたさ」を持つ空間も考えられない。ありうることはあることにほかならず、それを妨げたりより以上に促進させたりする要素はどこにもない。「論理においてはすべてがひとつひとつ自立している」のであり、論理そのものには「より一般的とか、より特殊」ということはありえない。「論考」の論理空間内では次のように言われる。

しかし記号「p」と「~p」（pであることの否定）が同じことを語りうるということは重要である。というのも、そのことは記号「~」が現実における何ものにも対応していないことを示しているからである。／ある命題に否定が現れることは、その命題の意味に対する何のメルクマールにもならない（~~p=p）。／命題「p」と「~p」は逆方向の意味をもつが、しかし、それらには同一の現実が対応する。（4・0621）

論理記号が正しく導入されたならば、それとともにそのあらゆる組合せの意味もまた、すでに導入されている。それゆえ、「p∨q」（pまたはq）のみならず、「~（p∨q）」（pまたはqではない）等々も同時に導入されているのである。そのときひとはまた、およそ可能なかぎりの括弧の組合せの働きも、すべて導入していることになるだろう。そしてこのことから、本来的な一般的原始記号とはけっして「p∨q」や「（∃x）．fx」（「すべてはfである」）あるいは「すべてのxに対して、xはfである」）等ではなく、それらの組合せに対するもっとも一般的な形式であることが明らかとなるだろう。（5・46）

知識がないので多くを言うことはできないが、ここでは、驚くべきことが語られているのではないか。まさに、あらゆる可能性は論理においては事実と等しいのである。そしてこれら任意の命題の礎は式を成り立たせる記号一般ではなく、それをつきつめたところで得られる一般的な原始記号とされるものでさえもなく、記号や式の組合せを「それ」たらしめている「もっとも一般的な形式」としか言いえないものだ（視認されるべき対象的性格・空間的属性は言うなれば揮発している）。この論理空間の融通無碍さは「論考」の劈頭あたりで、すでに触れられている。「他のすべてのことの成立・不成立を変えることなく、あることが成立していることも、成立していないことも、ありうる」、また、同じことだが、「ある事態の成立・不成立から、他の事態の成立・不成立を推論することはできない」と、いうふうに。

いま私の眼のまえのパソコンのモニターに黄色いランプが点灯していることと、炊飯器に蒸気があがっていることとは相互に自立している。仮に電源が一つしかなく、パソコンがオンのときには炊飯器が使えない場合でも、両者は因果関係のなかにあるのではなく、パソコンのオンとオフ、炊飯器のオンとオフ、電源の使用・不使用の三つの相互に自立した事態が存在するだけ、というのがおそらく「論考」の考え方である。これらのことは次の確率論につながってゆく（数学的なことはよくわからないけれど、何か決定的なことが言われている印象がある）。

ある状況が生起していることから、それとまったく別の状況の生起を推論することは、いかなる仕方でも不可能である。（5・135）

現在のできごとから未来のできごとへ推論することは不可能なのである。／因果連鎖を信じること、これこそ迷信にほかならない。（5・1361）

真偽の項を互いに一つも共有しない命題は、相互に独立であると言われる。二つの要素命題は、それぞれ他方の要素命題のもとでの確率が$\frac{1}{2}$となる。／qからpが帰結するとき、命題「q」のもとでの命題「p」の確率は1である。論理的推論の確実性は、確率の一方の極である。（5・152）

一つの命題は、それ自体では、確からしいとか確からしくないといったことはない。できごとは起こるか起こらないかであり、中間は存在しない。（5・153）

これらを眼にするとき、対して「論考」の次なる言明につながる感を覚えた。それは「たとえ可能な科学の問いがすべて答えられたとしても、生の問題は依然として手つかずのまま残されるだろう。これがわれわれの直感である。もちろんそのときもはや問われるべき何も残されていない。そしてまさにそれが答えなのである」（6・52）というものだ。ここでもわれわれは身体を裏返らされる。こういった世界観に、時と場所をはるかに違えつつ、以下の詩篇に似た朗々たる「示衆」をふと思い浮かべるのは、私の何か重大な錯覚だろうか。

たき木はひとなる、さらにかへりてたき木となるべきにあらず。しかあるを、灰はのち、薪はさきと見取《けんしゅ》すべからず。しるべし、薪は薪の法位《ほふゐ》に住して、さきありのちあり。前後ありといへども、前後際断《さいだん》せり。灰は灰の法位にありて、のちありさきあり。かのたき木、はひとなりぬるのち、さらに薪とならざるがごとく、人のしぬるのち、さらに生とならず。しかあるを、生の死になるといはざるは、仏法のさだまれるならひなり。このゆゑに不生《ふしやう》といふ。死の生にならざる、法輪《ほふりん》のさだまれる仏転《ぶつてん》なり。このゆゑに不滅といふ。生も一時のくらゐなり、死も一時のくらゐなり。たとへば、冬と春とのごとし。冬の春となるとおもはず、春の夏となるといはぬなり。（道元『正法眼蔵』第一「現成公案」より）

あることは起こるか起こらないかのいずれかである。たとえば天気予報で翌日の雨の確率が20％であるとして、「論考」の言い方では「現在のできごとから未来のできごとへと推論することは不可能」である以上、確率20％などという「現実」は存在しない。今日の時点では降るか降らないかの二つの未決定の項が与えられており、その時点になれば現実に降っているかいないかのたった一つの決定項が存在するだけだ。

この、時間という言うなれば存在の矛盾によって存在を説明する曖昧さを排除した在り方を、生死《しょうじ》を無碍にする「現成《げんじょう》」という仏法の一形態に重ね合わせてみる誘惑に、私はうまく克てそうにない。存在は無碍である。「論考」のイメージでは、それは「像を取り巻く論理的足場は論理空間にあまねく行きわたっている。そうして命題は論理空間全体へと手を伸ばす。」

とか、「一軒の家を取り巻いて巨大な足場が組まれ、その足場が全宇宙に及んでいるのを想像してみてもよい」とかいう壮大な表現をとっている。かかる無碍の在り方をあらわすのに、さいごに、永遠につづく夕映えを思わせる謎のような、生死へのまなざしに満ちた、次のごとき言説からなる一断片を引いて、このノートを鎖《とざ》すことにしたい。

死は人生のできごとではない。ひとは死を経験しない。／永遠を時間的な永続としてでなく、無時間性と解するならば、現在を生きる者は永遠に生きるのである。／視野のうちに視野の限界は現れないように、生もまた、終わりをもたない。（6・4311）

日月陽秋きらゝかにして

ひさご序文註釈

元禄三年（一六九〇）六月、膳所《ぜぜ》芭蕉一門による俳諧集『ひさご』の序文を依頼された越智《おち》越人《えつじん》は、そこで次のように書いている。以下全文。

江南の珍碩我にひさごを送レり。これは是水漿をもり酒をたしなむ器にもあらず、或は大樽に造りて江湖をわたれといへるふくべにも異《こと》なり。吾また後の恵子《けいし》にして用《もちゐ》ることをしらず。つらつらそのほとりに睡り、あやまりて此うちに陥る。醒《さめ》てみるに、日月陽秋きら丶かにして、雪のあけぼの闇の郭公もかけたることなく、なを吾知人ども見えきたりて、皆風雅の藻思をいへり。しらず、是はいづれのところにして、乾坤の外なることを。
出てそのことを云て、毎日此内にをどり入《いる》。

一読して美しい文章であるが、いろんなコンテクストが論理の綾や伏線みたいに交錯し見え隠れする、ちょっと強《したた》かなところもある文だとも言える。

まず江南《こうなん》の語義だが、これは直接には湖の南、すなわち琵琶湖の南に位置する膳所（大津市内）を意味する。貞享元年（一六八四）秋の『野ざらし紀行』の旅を終えた途次、尾張俳壇で（後生から見て）鮮烈なデビューを果たした芭蕉は、以来名古屋の衆と緊密な関係になる。『笈の小文』『おくのほそ道』の旅を経、やや転じて芭蕉は膳所の地に杖を留め、旺盛な創作活動に入るが、越人は名古屋の人であり、珍碩《ちんせき》が膳所における若手のホープであることを背景に置いて一文を見てみると、また違った文脈が浮いてくる。

端的に言って珍碩は越人に、じっさいに「ひさご」を贈物として送ったのではないか。芭蕉七部集第二の、尾張の衆を中心とした『阿羅野《あらの》』のなかで越人は芭蕉と両吟を巻いている。あまりに名高い「きぬ〴〵やあまりかぼそくあてやかに　芭蕉」「かぜひきたまふ声のうつくし　越人」の運びを含むこのひと巻きは越人一代の誉れであると言っていい。そのなかに「瓢箪の大きさ五石ばかり也　越」「風にふかれて帰る市人　蕉」の付け合いもある酒好きだったらしい越人に、珍碩が送ったこのひさごには現実の酒が入っていたとも考えられる。

酒は現金などとは異なり、どこかしらうつつならざる、「もののあわれ」ならぬ「ものの徴《しるし》」

めいたところがあるもので、旧地の名古屋に対し、新地の膳所の衆を中心とした俳諧集序文の任を仰せつかったことは、芭蕉から贈られたちょっとした幻想の（「五石ばかり」の）酒のようなものではなかったか。だいいち、この俳諧集の名前そのものが『ひさご』ではないか。もちろん越人はこれを「水漿《すいしょう》をもり酒をたしなむ器」でない、無用物であるとは言うのだけれども、根っからの「瓢箪好き」（酒の連想を伴う）である彼の密かな舌なめずりのようなものを、私はそこに却って感じてしまう。また却って、反物や米・油などではない無用物であるがゆえにこそ、詞華集にまつわる贈答には相応しい。いっぽうそれが、酒の入っていない「ひさご」そのものであったとしてもこのことは、こうしたほんの風の先触れのようなささやかな贈答を介して、時季の、人事の、挨拶を交わしていた昔の日本人の姿というものをよくあらわしているのである。

他方、江南の語を用いることとは、すぐそのあとに出てくる「後の恵子」の語義とも関わって、越人みずからの俳号に関係してくるようにも思う。彼の名・越人は、その出自が日本海側の北越（新潟）であることを示すとともに、中国は長江下流の江南の地にあった「越国の人」でもあるといった自負を暗示するように思うのは僻事《ひがごと》だろうか。いわば彼の中国志向、老荘趣味である。越の名に、あるいは異族の風も籠めているか。

恵子については『荘子』の逍遙遊篇に出てくる人物の名で、荘子と二人、篇中でディアローグを為している。彼は荘子に語って言う。魏王からひさごの種をもらったが、それを植えて育てたところ五石を成す実がついた。けれど馬鹿でっか過ぎてそれにどんな加工を施しても何の役にも立たない。と、暗に荘子の思想を大げさだと揶揄する。荘子は反論して、（江南の地・呉越の戦いの知略を例に引いたうえで）器や柄杓といったこまごまとしたものに加工しようとするからどうにもならないわけで、「いまあなたに五石も入るひさごがあるのなら、それをくりぬいて大樽の舟にしたて、［それに乗って］大川や海に浮か［んで自由な天地を楽しめ］ばよいものを」（岩波文庫版『荘子』金谷治訳注）と言ったという話である。ここでも「五石の瓢箪」が出てきて、越人の一貫した荘子好きがうかがわれるが、序文中の「後の恵子」とは、じぶんもまた物わかりの悪い後の世の恵子ともいうべき凡俗にすぎないので「その用ることをしら」ないという謙遜を示す。

そして「つらつらそのほとりに睡り」あたりから終りまでは、『荘子』からこんどは『後漢《ごかん》書《じょ》』方術伝下における費長房・壺中《こちゅう》の天の逸話へと文脈はスリップしてゆく。後漢の御代、汝南の町に費長房という役人がいたが、その勤める市場に一人の薬売りの老人がいて、夕方市場の仕事を終えると、たくさんある薬壺のひとつにひらりと身を翻して跳び入ってしまうのを目撃する。老人は壺公《ここう》といったが、ただものでないと見たこの老人に費はよく尽くし、壺公に誠意を認められた費は一緒に壺のなかに躍り入ることを許される。なかは楼閣や門、長廊下などがある仙境で、費は美酒佳肴をたらふく楽しんだ揚句に、また壺の外に戻ったという。いわゆる壺中天、一壺天の由来であり、壺中の天とはまた酒を飲んで俗世を忘れる義がある。

「江南の人」珍碩から送られた用いることを知らない無用のひさごの内側は、「日月陽秋きらゝかにして、雪のあけぼの闇の郭公（ホトトギス）もかけたることなく」、また身近にいる者ばかりでない、遠方の、慕わしい、あるいは亡友たちをも含んだ「吾知人（ワガシリビト、と読みたい）ども見えきたりて、皆風雅の藻思を」言うミクロコスモスでもあるのだ。これも一種の醒めて見る永遠のごときものであろう。「風雅の藻思」をささやきあうきららかな陽秋のもとでは、存在はほんらい無瑕《むか》のものであるはずである。雪のあけぼのや暗夜にほの啼くホトトギスが絶え間なく現象している、「乾坤《けんこん》の外」ならぬ「外なる乾坤」に酌む宴では、酒好きにはわかると確信するが、酔いの深浅も、時間の長短も、あるいは時間そのものさえ、存在しない。越人は後に芭蕉の不興を買って疎遠になっていったのだけれど、そしてその最期をつまびらかにしないのだけれども、「後の恵子」たる私たちもまたいつでも立ち帰って、『ひさご』を、七部集をひもとくおり、きららかな光と影にみたされて香る瓢箪のごときもののうちに毎度「をどり入」ことになるのである。

かげろふの抱つけばわがころも哉　　越人

おわりに

白水智《しろうずさとし》という人の『知られざる日本　山村の語る歴史世界』（ＮＨＫブックス・二〇〇五年五月刊）という本を読んだ。そのさいしょの方に次のような発言がある。少し長くなるが、引いてみたい。

《今や日本では、誰もが飢餓や飢饉《ききん》の心配をすることなく食べていけるようになり、（中略）長引く不況といいながらも、それで飢え死にする人が出ることはほとんどない。人類の長い歴史で見れば、ある意味で理想の時代が到来したといえるだろう。しかしながら、こんな時代にも、（中略）早朝から終電まで働き、休日はぐったりと寝て過ごすだけという人がいる。あるいは過労で身体を壊す人もいる。人間関係のストレスで心身を病む人もいる。企業の奴隷のような状態で過ごしながら、わずかな自己を省みて、「自分探し」や「生きがい探し」に懸命になる人もいる。こうした苦悩の数々を、果たして近代以前の人間の苦悩と比べて、絶対的に軽いものといえるだろうか。》(15ページ)

ここで示された事柄は、この著書の太い梁をなすテーマであるところの労働観と、それと切り離すことのできない時間観とに関わってくると思う。

このあたりについて、もっとくだけた言い方を考えれば、すぐ「人はパンのみにて生くる者にあらず」(マタイ書)を思い浮かべる向きもあるかも知れない。だがそういった超越性の言葉ではなく、例えば「飢え死に」することがなくても、必ずしも肉体的に直接に苛烈なものを意味しない労働や環境のなかで、現実に「心身を病み」あるいは「過労で身体を壊す」ことによる、最近ではもはや常態となった観のある死の事例は、同じ「死ぬこと」という点で飢え死にとどう違うのか、軽重があるのか、という、事は実にフィジカルな問題なのである。あるいはmassで死ぬことと、孤独に死ぬことの違いか。では昨今の日本の年間三万人を越すという自殺者数はmassではないのか、死ぬのは勝手だから自己責任なのか。

やっぱり事の淵源は、「純粋」な経済活動の一部分として労働を捉える観点、言い換えれば時空のすべてを貨幣と財で分割し、その言語でもってすべてをいわば「翻訳」しようと欲望する、ここ数年でとみに先鋭になってきたグローバルかつ効率というものを最優先させる思考法であり(この考え方自体は古代からある)、それを前提することなしには成り立たない、おおかたの人間にとっては苦としての労働観であろう。

これに対し白水は、特に山村にその面影が見られる近代以前の「労働」を、必ずしも石高《こくだか》の多寡や経済活動の対価としての貨幣獲得のみに還元し得ない、（概ね主とする農事のほかの）村落共同体による防災のための普請、祭礼・神事のための諸仕事（儀礼に用いる神酒の原料となる酒米栽培のたぐいも含まれるだろう）、生活家事（屎尿《しにょう》等の処置などもこれに入るか）、特定の時期に行われる山での採集・狩猟・漁労なども含めた、トータルな人間活動そのものとして考える。古老の話もこのなかで伝えられているが、ときに大きな現金収入ももたらすけれど少しも継続的でない（つまり経済的な意味での財ではない）、薬草や高価なクマノイなどの狩猟の獲物や貴重な鉱物を得るための「労働」は、苦労はあるにせよ少しも（精神的）苦痛や苦悩を伴うものとは認識されていない。山はまさに富をもたらしてくれるものであり、彼らが例えばとびきりの山菜やきのこを手に入れて、それらが「ちっとも金なんかいらないんだ」と判で押したように言うのは、その吝嗇《りんしょく》や貧困を表すのではなく、むしろ山がいかに多くの宝（法外な富）を与えてくれるものであるか、という感覚の表現とみた方がよい。

　こうした、働いて・対価を得るという近代的な意味での労働ではなく、必ずしも有形の対価・報酬を受け取ることを目的としないいわば「自由な」労働観（というより私は世界観だと思うが）は、何によって可能であったのか。私は時間観にその要諦があるように思う。

　ちかごろは不況を脱しつつあるそうで、それに関係あるかどうか、マンション建設や再開発の工事で私の住んでいる鶴見・岸谷《きしや》の街でもトラック類の往来がはげしい。ときに身の危険を感じることさえある突貫工事の車輛の疾走を見てつくづく考えるのは、近代的な経済活動の基礎をなす哲学というか時間観が、一方向に直線的不可逆的であるということだ。発展・成長でなければ停滞ということだが、現代の思考はその停滞をさえ、そっとそのままにしておいてはくれない。停滞は次の瞬間、衰亡への右下がりの直線を意味することになる（いみじくもマイナス成長という言葉がある）。そしてたちどころに荒廃と収奪の跡だけが残されるという悪夢。いったい何で、世界は、人間は、灼けた鉄の靴を履いて、成長という名の踊りを踊りつづけなければならないのか。

少なくともこうなる以前の世界にとって（西欧という実に小さな世界も含め）、時間は直線ではなく円環をなすものであり、時は前に進むのでなくただ移り行き循環するものであった（一時期、アジアの極めて広闊な帯域においては、それを無と言い空《くう》と言った）。白水は、古くは平地にも山地にも共通してあった生活文化というものが、現在では山村にしか残されていないと言い、またかつて地勢間の対抗関係であったものが現在は、時代間の対抗関係として現れていると指摘する。限りなく比喩的に言って、「山」というものを、平地も含めたそれこそグローバルな「自然」の表徴と見るならば、自然は財ではない。法外な富と大きな危険を人間にもたらす自然は、厳密な意味で人間が恣《ほしいまま》に制覇し管理しうる蒙昧な対象では本来なく、人間がそれと「取引」をすることでなんとか自らの存在のつじつまを合わせられるような、そんな偉大さなのだと私は思う。自然のなかで時間が一方向に進むというのは絵空事だ。話を山に戻せば、例えばタラノメを採るときに全部を採りつくさないのは、東京近郊のちょっとした山間《やまあい》でも住民の常識だが、それは声高な環境保護の観点からのものでなく、全部を採ったらタラノキ本体が駄目になって、次の春の採集を望めなくなるからである。これが円環する、つまり「戻ってくる」時間観であり、自然と取引をするということだ。対して、じゃあその谷全体をタラノメ農場にして、全部摘んでも立ち枯れないように管理して収量を上げ効率化を図り、売り上げを伸ばし、財ができたら山にタラノメを出荷するための産業道路を通そう、というのがいわば「戻れない」時間観であることは明白なところだろう。

気ままな物見遊山の印象記である本書では、ほぼこの「戻れない」時間観というものを疑うというか相対化して、虚心坦懐《きょしんたんかい》に絵や音や言葉、また芸能表現の現場に向き合ったらどう感じたかということを書いてみた。近代以前が全部いいか、と切り口上で問われるととても困るのだが、「今と違った」往古というものにとても興味がある。少なくとも往古の表現類は「今と違った」感覚をもってものされたのは疑いないが、これは意外に重要なことなのではないだろうか。「今」のままではこれ以上やってゆけないことに、もう誰もが気づき始めている。

私事になるが、本書は死生をまたぐような大病をし、退院した二〇〇三年以降の文章ばかりとなった。病院を出たあと何だかものの感じ方が変わった。「戻ってくる」時間の覚醒といえばいいのか。人間的なもので自然を覆いつくすことはできない。なぜなら人間も自然の部分であることを避けがたいからだ。「三匹の子豚」の藁の家はなんであんな言われ方をされるのかと思う。自然の前ではどんなに堅牢な建造物でも、実は藁の家と同じことなのに。

二〇〇五年一二月　倉田良成

付

俳諧昭和ノ巻

初折《しよおり》表《おもて》

発句《ほつく》　それぞれの昭和を語り春立ちぬ　あきを

脇《わき》　橋を渡れば永き日は夢　解酲子

第三《だいさん》　清らかに覚めたる朝を囀《さへず》りて　美江

四　笛や鼓のもるる板塀　天女

月五　昼月《ひるづき》の身は浮くほどの渡らひに　解酲子

六　便り待つ日々もみぢ色づく　あきを

初折裏《しょおりうら》

一　旅人になみなみと注ぐ新走《あらばしり》　天女
二　壁に貼りたる絵のやつれやう　美江
三　髪型に夢を託すかクリスマス　あきを
四　とらんぷの卦《け》は女難水難　解酲子
五　やうやうに雨のあがりし裏通り　美江
六　闇にふくらむ千の虫の音　天女
七　白帝《はくてい》のさなか篝は赫々と　解酲子
月八　ともに月見むはぐれ若猿　あきを
九　わたのはら遠流《をんる》の島に草萌えて　天女
花十　空わたりゆく花いくひらぞ　美江
十一　廃校の煙突かすみ町暮るる　あきを
十二　はつか聞ゆる入相《いりあひ》の歌　解酲子

名残折《なごりのおり》　表《おもて》

一　床ひかる母の厨《くりや》に鮓熟《すしな》れて　美江
二　水打つてゐる白きくるぶし　天女

三　きぬぎぬやいと仮粧《けさう》じて見送りぬ　解酲子

四　俚言《りげん》飛び交ひ楽屋賑はふ　あきを

五　一宿のあるじに色紙書きなぐり　天女

六　売りに出さるる義経の笛　美江

七　須磨の浦あかとき寒く袈裟なびく　あきを

八　ほとけはうつつならぬあはれさ　解酲子

九　牛乳の瓶に挿したる秋の色　美江

月十　海に黄金《こがね》を零《こぼ》す満月　天女

十一　鯊釣《はぜつり》が面白くなる定年後　解酲子

十二　過ぎにし日々の起伏はるかに　あきを

名残折裏《なごりのおりうら》

一　松柏《しようはく》をけぶらせて降る山の雨　天女

二　春田の畦《あぜ》をくづす足跡　美江

花三　村おこしまずは睦びの花うたげ　あきを

四　明行《あけゆ》く空も知らぬ朝寝ぞ　解酲子

五　むらさきの蝶の小さく吹かれけり　美江

揚句《あげく》　韃靼海峡《だつたんかいけふ》こゆる春塵《しゆんじん》　天女

捌き文

それぞれの昭和を語り春立ちぬ　　あきを

橋を渡れば永き日は夢　　解酲子

田中章夫様

初めてお便りを差し上げます。連句開始にあたり、おおまかなことは美江さんから伺いました。捌《さば》きを致します解酲子《かいていし》こと倉田良成と申します。弱輩者で捌きにあたり非礼の段も多々あるかとも懼れますが、何卒ご海容《かいよう》のほどお願い申し上げます。あきをさんとこれから呼ばせていただきます。

さて、美江さんからこれまでの小冊子お受け取りかと存じますが、あのなかの「団扇とめ」の巻に、やや細かく式目のたぐいが書かれております。すでにご存じかと思いますけれど、ざっと目を通してくだされば と希います。今回お送りする膝送《ひざおくり》表《ひょう》で、月花の場所は連衆に配分のため、ぜんぶ引き上げるなどしていて、厳密なものではありません。漢字は新字。仮名遣いは歴史的仮名遣いで、拗音促音はそれに準じます。原則的に文語文ですけれど、ご専門のこととて、ヘンなところがあったらそっと耳打ちして下さい。

これからはあきをさんに対してはやや礼を失することになるかも知れませんが、付け句はいちおう3句ほど、お寄せ下さい。これ以外にないヨ、という面目の句であれば1句でもいいのですけれど。それとなぜこの句にはこういう付け句を付けたのか、いわば付け筋と言うんでしょうか、つぶやき程度の解説、キーワードをお教え下さい。釈迦に説法ですけれど、連句を単なる気分、感情、アトモスフェアのみで進めてゆくとかならず煮詰まって、船頭多くても少なくても何処にも行けない泥沼にハマることになります。愚見では、連句というものは優れて論理的なフレームを持った遊びだというふうに考えています。もっとも芭蕉の、晩年とも言えないある時期以後の作風は、それすらも超出した凄みを帯びていますけれど。

さてここからは連衆のみなさんへ。あきをさんの立句《たてく》は昭和を回顧したある早春の一齣《ひとこま》です。戦争の記憶も平和の印象も、それまでの時代とは比べものにならないくらい強烈な、あの長い長い昭和という時代。一言では語ることのできないその昭和も、終わってみれば夢のような春の永日《えいじつ》に思えてくる。そんなふうなことを考えて脇句を付けました。発句は初春《しょしゅん》、脇は三春《さんしゅん》で、第三の美江さんの句も当然のことながら春季です。立句は当季《とうき》の春で始まったのですが、ここ（初折表）まで花の定座を引き上げる無謀はできないから、この春季の運びは花の句の無い「素春《すはる》」ということになります。それでは美江さん、よろしく御作句ください。

二〇〇五年二月十五日　解酲子

御連衆さま

橋を渡れば永き日は夢　解酲子
清らかに覚めたる朝を囀《さへず》りて　美江

美江さんの句は、夢を本来の眠りのそれに掛けたもので、目覚めの爽やかさを詠んでいるいっぽう、「昭和」ではない新しい現実への覚醒をも下に踏んでいると、深読みできなくもない句振りです。もとの句形は「清らかに覚めたる朝の囀りて」で、「の」を「を」に変えさせていただきました。ちょっとした主格の移動がありますが、大勢に影響はなさそうです。囀るは三春。五句目に月の座の秋が控えていますので、天女さんには雑《ぞう》の句あたりを作っていただきましょうか。むろん春の句でも、また工夫があれば秋の句でもかまいません。平句《ひらく》の四句目の依頼に入って、いよいよ始まりとの感を深くします。それではみなさん、よろしくお願いします。

二月二十一日　解酲子

御連衆さま

清らかに覚めたる朝を囀りて　美江
笛や鼓のもるる板塀　天女
昼月《ひるづき》の身は浮くほどの渡らひに　解酲子

天女さんのは朝からお囃子の稽古とて、にぎやかな隣家の音を付けました。雑の句。笛や鼓のにぎやかさは「囀りて」のウツリです。「むすめばかりが育つ隣家」も良かったのですが、いかんせん「むすめ」が恋っぽい。神祇釈教恋無常《じんぎしゃっきょうこいむじょう》は表六句では詠めません。それにしても朝から笛や鼓とはなんだか婀娜《あだ》っぽくて、下手に付けると如上の式目に触れ、ヤケドしそうで、かかる月の座とはなりました。人生を茶で過ごすようで、世間の大方のまっとうな方々には申し訳ないようなものですが。ご承知のごとく、あきをさんは秋句でお願いします。初《しょ》・仲《ちゅう》・晩秋《ばんしゅう》、三秋《さんしゅう》、いずれでもかまいません。それではよろしく。

二月二十二日　解酲子

御連衆さま

昼月の身は浮くほどの渡らひに　解酲子
便り待つ日々もみぢ色づく　あきを

あきをさんは、身は浮くほどのあてどない渡らい（身過ぎ世過ぎ）を、友からの便りを待つ恰好の運びに仕立て、色づく紅葉のうちに時の経過を推量しています。前句と前々句がどこまでも虚にあくがれてゆくのに対し、この折端《おりはし》は成熟する時間の底に「実なるもの」を見据えているともいえるでしょう。この夕メを解き放つにせよ、さらに深めて行くにせよ、天女さんの折立《おったて》の次句は注目すべきでしょう。紅葉は晩秋。天女さんも秋句でお願いします。晩秋か三秋が望ましいところですが、工夫があれば初秋でも仲秋でもかまいません。ではよろしく御作句ください。

二月二十四日　解酲子

御連衆さま

便り待つ日々もみぢ色づく　あきを
旅人になみなみと注ぐ新走《あらばしり》　天女

天女さんの句は、前句の「待つ」ことに対して、果報はもたらされた恰好となっています。旅人その人が果報であるか、旅人が携えてきたものが果報であるかはどうとも言っていませんが、新走（あらばしり＝新酒のこと）は抜かれて、まずは祝おう、一区切りつけようと小さな宴が始まるというところでしょうか。「もみぢ色づく」の夕メを解放し、とともに新走のなかに紅葉色（酔色）のはつかなウツリがあります。これが精妙な寒造りの酒でなく、いかにも若く荒々しい新酒というのも折立にふさわしく感じます。この運び3句をもって季節の情はやや尽くした観がありますので、次の美江さん、ひとつ雑でお願いできますか。

三月朔　解酲子

御連衆さま

旅人になみなみと注ぐ新走　天女
壁に貼りたる絵のやつれやう　美江

まず美江さん御申告の付け筋を引きます。「地方の古い酒屋さんには、大昔のセピア色のポスターなんぞが貼ってあります。あんまり古いので絵のおネエさんまでやつれて見えたりして…。」こういう付け、言い換えれば着眼点が愚生ダイスキです。前句に対しては、その観点をがらりと変えてしまうような向う付け、対付《つい》け、といえますが、筋はしっかりと繋がっております。この二句の渡りだけを見ていると、その新酒が幻をもたらす魔法の酒のような、違う世界に持ってゆかれるような不思議な感覚があって、旅人までが或る永劫めいた光を負った存在に見えてしまうから、それほどこの付けは玄妙なものを持っているようです。雑の句。次のあきをさんの句は、季では夏句と冬句が可能ですが、もちろん雑で行ってもかまいません。

三月九日　解酲子

御連衆さま

壁に貼りたる絵のやつれやう　美江
髪型に夢を託すかクリスマス　あきを
とらんぷの卦《け》は女難水難　解酲子

あきをさんはやつれた絵のおネエさんに限りなく慕わしい俤《おもかげ》を観じています。クリスマスは愚生睨むところ、あきをさんが前句と前々句の運びにある種異国趣味というか、大正浪漫、昭和モダンなど連想させる世界を見ているところから来ているのかと思えます。そのクリスマス（異国趣味）の流れに、愚「とらんぷ」があるというわけで、僭越ながらあきをさんをちょっと冷やかさせていただきました。あきをさんは冬句、愚生のは雑の句。美江さんにはもう1句雑の句を作っていただきましょうか。季なら夏だけが可能です。それではよろしくお願いします。

三月十二日　解酲子

御連衆さま

とらんぷの卦は女難水難　　　解酲子
やうやうに雨のあがりし裏通り　　　美江

美江さんにはこのほかに「しろがねの猫が横切る二年坂」「灯したる銀座通りの雨上り」がありましたが、前句、前々句ともに恋含みの句であることを勘案すれば、やっぱり「雨のあがりし」になります。さいしょの猫の句は、付け筋が「髪型、とらんぷ、（竹下）夢二」という流れだそうですが、そのまえの「やつれやう」からの流れを見れば、ここでまた夢二を出すのはいかにも同巣《どうそう》・輪廻《りんね》っぽい。夢二の目はすでに、髪型のところ、もっといえばやつれやうのところで出ているといえます。また「銀座」は紅灯の巷ということで、これは捌きとしてみればおのずと恋のウワサという判断になります。どうやらすったもんだがありそうな、あった後にような、髪型への憧れや女難水難をすっきりと離れるために、（おしめり［恋］があった後に水で流す）こういう雨は恋離れの句としていかにも相応しく思えたので、これをいただきました。ちなみに恋離れの句とはご承知の通り、前句と合わせてみれば恋句、それ自体としてみれば恋とは関係ないように見える句を言い、運び自体、付け筋自体は継承しつつそこから恋だけを断ち切る句のことです。みなさん、この美江さんの句、実は「裏通り」がいかにも利いていることにご注目ください。雑の句。次句の天女さんは秋句でお願いしたいと思います。綺麗な景など、欲しいところですね。

春彼岸中日　解酲子

御連衆さま

やうやうに雨のあがりし裏通り　美江
闇にふくらむ千の虫の音　天女
白帝《はくてい》のさなか篝は赫々と　解酲子

雨が上がったあとに一斉に鳴きだす虫、ということでここからは秋の運びです。それに付けて、私はおととし見た鎌倉薪能を思い出していました。演目のはじまる前、やかましいくらい鳴いていた虫の声が、舞台がはじまるとぴたっと止んでしまったような気がしたのは何かの錯覚だったでしょうか。（私の）歳時記では奈良・興福寺でおこなわれる催しに合わせ、薪能は夏季の部に載っていますが、私の見たそれは十月の最初とて、秋季が念頭にあり、それにとりなしました。白帝という語をもちいたのは、その荘厳の感じを伝えたかったわけで、もちろん秋の異名です。次はあきをさん。この月は昼の朝のと思い煩うことはありません。秋の夜の月の本情を尽くしてください。

三月二十七日（陰暦きさらぎ望月の頃）　解酲子

御連衆さま

白帝のさなか篝は赫々と　解酲子
ともに月見むはぐれ若猿　あきを

あきをさんは前句が「見るもの」（能舞台）を、ご自分の句では能舞台から転じて「月」に見立て替えています。「はぐれ若猿」は前句の白帝をくつろげるかに見えて、俳諧における滑稽ということを実はめくるめく長高《たけたか》さで表現していると言っても過言ではないでしょう。この句、私の睨むところ、『去来抄』中の「先師評」に引かれている去来句「岩鼻やこゝにもひとり月の客」の俤があると思うのですが、どうでしょうか。この滑稽味は譬えて言うならば、狂言の「靭猿《うつぼざる》」などの人獣を超えた境地かとも観ぜられます。次句の天女さんは、このテンシヨンをほどいてもいいし、また違った転じでもって花の句のテンションへ継続させて行っても面白いかと。そろそろ夜気から離れたいところでもあります。季は雑か春でお願いいたしたく。よろしく。

三月三十日　解酲子

御連衆さま

ともに月見むはぐれ若猿　　あきを
わたのはら遠流《をんる》の島に草萌えて　　天女

天女さんは前句の「はぐれ」に流謫《るたく》のおもかげを偲びました。「若」の語に、あるいは貴種流離の影を読んでいるのかも知れません。天女さんご自身の説明では隠れた筋の「岩鼻」を意識されたということで、その「鼻」により、岬の突端から遠流の島をはるかに望む恰好にも見えるようです。高貴なやさぐれともいえる「若猿」に、遠流の島の荒涼とした早春の取り合わせは、なかなかにある種「鄙《ひな》の本情」ともいうべき興趣をそそうものといえましょう。いずれにせよ、前句の長高さを小野篁《おののたかむら》の雄勁な歌の姿でよく受けていて、いささかも怯まぬテンションを維持されています。草萌の早春に対し、次句の美江さん、たけなわの花をいかが付けられるでしょうか。

四月三日　解酲子

御連衆さま

わたのはら遠流の島に草萌えて　天女

空わたりゆく花いくひらぞ　美江

お断りしておかなくてはならないのは、美江さんのはさいしょは「渓わたりゆく」でした。忖度するに、遠流の島に「わたる」を媒介して「渓」を呼び出したのかとも思われますが、たしかに遠流の島すなわち佐渡や隠岐などの一国をなすほどの大きな島には渓谷は存在します。けれども「島」に「渓」の深さはただちには結び付きづらいのでは？　無粋ではあってもここは無用の斧を用い、いくぶんかの想像と抽象性を有した「空」という語に変えさせていただきました。花は都に帰って行くようでもあり、さらに海のむこうの見果てぬ異国をめざすようでもあり、といった含みです。次のあきをさんも春句でお願いしたいと存じます。それでは、よろしく。

四月九日　解酲子

御連衆さま

空わたりゆく花いくひらぞ　　美江
廃校の煙突かすみ町暮るる　　あきを
はつか聞ゆる入相《いりあひ》の歌　　解酲子

なにゆえに前句の「空をわたる花」というくぶんかの抽象性に対して、「廃校の煙突」という唐突とも思える具体性でなければならないのか。その本当の、というか具体的で濃《こま》やかな理由については、これはあきをさんに聞かなければならないところですが、ただその具体性が前句に対して何らの齟齬ともなっていないことに注意すべきものがあります。「空をわたる花」に廃校の煙突（町が霞んで暮れてゆく）をぶつけることで、何かこころのエモーションが立ち上がっていることがここでは重要です。付け筋なら幾筋も付けることができましょう。花と廃校に巣立っていった生徒たちの俤を見ることも、廃校の春に花の散る故園の陰翳を見ることも可能でしょう。しかし、ここではその「筋をたどれる」ことだけが大切で、「いかなる筋か」を追いつめて行くことにはさして意味がないと考えます。不思議なことですが普通とは逆に、「廃校の煙突」の具体性が「空をわたる花」の抽象性を包み込むような感じです。この十句と十一句、並べてみると何となく中原中也の詩のような感じが致しませんか。私の句は十一句に音を添えてさらに具体化しようとした試みに過ぎません。次の美江さん、季は夏と冬が可能で、勿論雑でもかまいません。それでは、よろしく御作句ください。

四月十二日　解酲子

御連衆さま

はつか聞ゆる入相の歌　解酲子
床ひかる母の厨《くりや》に鮓熟《すしな》れて　美江

打越の「暮るる」から「入相の歌」と、昼の終わりがイメージされてきましたが、じつはそれは夜の始まり、いや、もっと言えば夏の始まりであるという風な視点の転じがあります。この「鮓」に合わせるに「床ひかる」が何とも言えない風情《ふうじょう》を出していますね。それは前句の「はつか」にも届き、自身の「熟れ鮓」のぬれぬれとした姿にも届いて、夏の夜の浅さが匂い立ってくるようです。初折表の月花前後の緊張が良い意味でほどけてきたようです。次の天女さん。夏または無季、冬でも可能ですが、ここはひとつゆるりと付けていただきたく存じます。

四月十六日　解酲子

御連衆さま

床ひかる母の厨に鮓熟れて　美江
水打つてゐる白きくるぶし　天女
きぬぎぬやいと仮粧《けさう》じて見送りぬ　解酲子

天女さんのは大筋から言えば、前句の美江さんのごく自然なウツリであると考えられます。つまり前句の世界を鏡のように写しています（単なる反復ということでなく）。ただ工夫は前句の世界にはっきりと恋の呼び出しを認めている点です。天女さんは自句を恋の呼び出しと仰有られていますが、そうではなく、天女さんの句が恋句にほかなりません。愚句はそれを受けて、伊勢物語二十三段の俤をからめた恋句。ただし前句の夏に対して雑の句。あきをさんはお手数ですがこの世界からの脱却、恋離れの句をお願いします。雑でなければ冬の句で。どうかよろしくお願いします。

四月十七日　解酲子

御連衆さま

きぬぎぬやいと仮粧じて見送りぬ　解酲子
俚言《りげん》飛び交ひ楽屋賑はふ　あきを

あきをさんは前句の仮粧を村芝居のメイクに見立て替えして、恋を転じておられます。まあ、恋離れの見事な手本のような一句と言えましょう。あきをさん御自解の『仁勢物語』（江戸寛永期の仮名草子で伊勢物語のパロディ）めく、とは、恋の転じという意味では、まったく面白い。なぜなら、伊勢物語のパロディ化とは恋そのもののパロディ化にほかならないからです。この句は、前句と合わせてみると恋句、というどころか、この句と合わさることによって前句自体が非―恋の句に変質させられてしまっています。そしてそうしたあわいの、切ないとも軽佻《けいちょう》ともいえる機微こそが俳諧なのだといえるのです。そうしてまた一歩踏み込むと、当の伊勢物語自体にもこのオドケ、モドキ、パロディの要素が色濃いと、私などには感じられて仕方ありません。思えば芭蕉の俳諧はこうして流れてきた千年という（あるいはそれ以上の）時間の尖端に位置づけられるものなのかも知れませんね。滑稽とは悪ふざけすることではないことが、こういう付け合いを見るとしみじみと理解されてくるようです。雑が二つ続きました。もう少し無季を続けてもいいかも知れません。ただし冬季でもかまいません。ちょっと浮き立つ感じになってきました。天女さん、そこを守り立てるように、よろしく。

穀雨の翌日の晴れ間に　解酲子

御連衆さま

俚言飛び交ひ楽屋賑はふ　あきを

一宿のあるじに色紙書きなぐり　天女

場は楽屋から役者の泊まる宿に移ります。前句は村芝居ですが、当句は田舎渡らいの旅役者と見ていい。あるいは当句によって前句も旅役者の芝居に変質します。そして宿のあるじに色紙などもとめられるのは、田舎渡らいとはいっても村人にとっては一種のマレビトにほかならないからです。それを「書きなぐ」っているのは、前句の鄙の本情に沿った結果。これを鄙のものからスラップスティックな世界への跳躍と見てもいいでしょう。この調子は次の美江さんにも引き継いでいただきたいですね。遣句《やりく》でもなんでもいいですから。四句五句とも雑の句。五句の天女さんのには愚生ちょっと手を入れました。次も雑が望ましいですが冬でも可。ではよろしく御作句ください。

四月二十五日　解酲子

御連衆さま

一宿のあるじに色紙書きなぐり　天女
売りに出さるる義経の笛　美江

書きなぐられた色紙が斯界《しかい》でそんなに値を呼ぶものとも思われません。ではいっそあるはずもなく、しかもあったら大衆受けしそうなものが、しばしば骨董市などにつくねんと出品されていたりする可笑しさを付けてみたらどうか、ということで一句は成りました。俚言の賑わいは、こんなところまで光を届かせているようです。この句にも愚生の手が入りましたことをお断りしておきます。句はここも雑。次のあきをさんには冬句を作っていただきたく、お願いする所存です。ではよろしく。

「昭和の日」に　解酲子

御連衆さま

売りに出さるる義経の笛　美江
須磨の浦あかとき寒く袈裟なびく　あきを
ほとけはうつつならぬあはれさ　解醒子

あきをさんの早付けです。仁勢物語からはじまった、いわば実のパロディ化は同じあきをさんによって、パロディからまた実にもどったというのが七句の意味です。笑いの対象であった義経の笛は敦盛の影像とかさなって、こんどは何と悲劇的な様相さえ呈してくるではありませんか。私のはそれに釈教無常の要素を加えた、常套といえば常套句です。ただ梁塵秘抄の「仏は常にいませども／現ならぬぞあはれなる／人の音せぬ暁に／ほのかに夢に見え給ふ」を敷いています。七句は冬句、八句は雑。忙しいことですがまた美江さんです。秋か雑でお願いします。

四月尽　解醒子

御連衆さま

ほとけはうつつならぬあはれさ　解醒子
牛乳の瓶に挿したる秋の色　美江

前句を色彩で譬えると白乃至無色、対するに当句を譬えるに白（牛乳の瓶）乃至有色。有色とは言っても何色と決めているわけではありません。彼岸の色を此岸のそれに翻訳してみると、こういう色（有色）になるというわけです。この句、愚生の手が入ったのですが、こうしてみると何やら芭蕉の「秋のいろぬかみそつぼもなかりけり」を思い起こさせます。その詞書に「庵に掛けようと句空《くくう》（芭蕉の弟子）に描かせた兼好の肖像に」という意味の言葉があり、またこの句のヴァリアントに「秋一夜柿三味瓶《シンタがめ》（＝ぬかみそつぼ）さへなかりけり」というのがあって、どうも徒然草の「後生を願う者はシンタ瓶ひとつ持つべきでない」という言説を句の下敷きにしているらしいのです。ちなみに「秋の色」という季語は、華やかな錦秋《きんしゅう》だとか白秋《はくしゅう》の白だとか色なき風の無色だとかいろいろ考えられますが、その色の見定めは次句の天女さんにお任せしたいと存じます。

五月三日　解酲子

御連衆さま

牛乳の瓶に挿したる秋の色　美江
海に黄金《こがね》を零《こぼ》す満月　天女

鯊釣《はぜつり》が面白くなる定年後

解醒子

三句渡りを見てみますと、まず特定されない「秋の色」があって、それを天女さんは黄金（こがね）色と見定めました。金は五行説では秋に相当します。天女さんらしい華やかな句ですね。愚生のはさらにそれをゼニカネのすったもんだからとりあえずは解放される定年後の男の、あまりカネのかからない枯淡とも無心とも云える遊びにとりなしました（私の学校の先輩にこういう男がいます）。いわずもがな、海（豊饒なそれとして）のウツリもあります。それと、夜になっても遊び続けるという色合いもちょっと持たせてあります。九句、十一句は三秋の句。十句は仲秋。あきをさんは次は雑句でお願いしたいと思います。それではよろしく。

端午　解醒子

御連衆さま

鯊釣が面白くなる定年後　解醒子
過ぎにし日々の起伏はるかに　あきを

あきをさんの述懐の句に至ってようやく一呼吸つくか、と思う間もなくもう名残裏に臨むところまで来てしまいました。この述懐はさながら、これまでの連句の足取りへの述懐のようでもありますね。ここからはあっさりと参りたいと思います。とりあえずは天女さん、ほとんど遺句に近い雑、ということでどうでしょうか。春へはもうワンステップ置きたいと考えますので。そういえば、あきをさんにはお孫さんを詠じたもう一句あるのですが、あえて愚生は遺句に近いこの句を採らせていただいたのでした。

五月九日　解酲子

御連衆さま

過ぎにし日々の起伏はるかに　あきを
松柏《しょうはく》をけぶらせて降る山の雨　天女

この句、さいしょは「老杉《ろうさん》をけぶらせて降る山の雨」でした。老杉がけぶっている、ということは前句の往事茫々の意を受けてはなはだよろしいものがあるのですが、老が句の表に出るのは打越の定年後と差し合いになります。天女さんは老を謙遜の表現と見ていますが、捌きの独断でこれをもっと嘉《よみ》すべき積極性として、杉を同じ常磐木《ときわぎ》でも松柏に変えさせていただきました。こないだ見てきた鶴見杉山社の田祭り神事の風韻も思い起こされます。場も名残の裏折立までできたところ。この捌きは一寸、天女さんの句を通じた愚生弱輩者の、連衆のみなさんに寄せる敬意（リスペクト）の面もあるようです。天女さんでも誰でも、ご自分でご自分のことをなかなか「松柏」とは仰有りづらいと思いますので。2句つづきの雑。次の美江さんからは揚句までずっと春句でお願いします。

五月十三日　解酲子

御連衆さま

松柏をけぶらせて降る山の雨　天女
春田の畦《あぜ》をくづす足跡　美江

春田の畦を崩して行った何物かの気配があります。この句、松柏の垂直から春田の水平へ、という視点の転換があるようです。春田の畦が「崩れる」という駘蕩《たいとう》が何で可能であったかというと、前句「松柏」の巍々たる高さが「けぶ」っているからだと思います。それが、常磐木の無季から春という有季への、神の山から人里への転じを可能ならしめたのだと云えましょう。さらに言えば、春田の畦を崩した足跡は、山から里に来てまた山へ帰って行く、神に限りなく近い存在であるかとも考えすぎてよいかと感じます。春田は三春の季語。本によってはまだ水を張らない田起こししたばかりのものとも、あるいは満々と水を張ったものとも諸説あるようですが、美江さんの春田、さいしょ私は後者のイメージで受け取りました。が、よく考えてみると前者でもおかしくないようにも思います。ではあきをさん、花づとめ、よろしくお願いします。

五月十六日　解酲子

御連衆さま

春田の畦をくづす足跡　美江
村おこしまずは睦びの花うたげ　あきを
明行《あけゆ》く空も知らぬ朝寝ぞ　解酲子

あきをさんの「村おこし」の句は前句付け筋の「田起こし」からの脈を引かれたと、御自解にございますが、「村」と「花うたげ」だけでじゅうぶん、付けになっています。この祝祭感は奇貨とするに値します。「花うたげ」の「花」が何か具体的でないところもいい。私のはその宴の翌朝を詠んだに過ぎません。曲を持たせたと言えば言えるのは、句眼《くがん》が朝寝ではなく暁の空にあるところでしょうか。ここまでの春季をたどってみますと、美江さん三春、あきをさん晩春、愚生のが三春となります。残りは美江さんの揚句前と天女さんの揚句ですが、おふたかたとも、三春ないし晩春でお付けくださいますようお願いします。さて、今週中に巻き上がるかどうか。せわしいですが、美江さん、よろしく。

五月十七日　解酲子

御連衆さま

明行く空も知らぬ朝寝ぞ　解酲子
むらさきの蝶の小さく吹かれけり　美江

美江さんは前句の二つの要素、すなわち朝寝と明け離れて行く空から後者に付け筋を求めました。もし朝寝に付けていたら、その転じはもっと特徴のないものになっていたかも知れません。むらさきは蝶の名であるとともに、明け行く空のえもいわれぬ「色」を表すようでもあります。その「小さく吹かれ」ているというところが却って背景の春の空を雄大にしているとも云えましょう。清少納言ではないですが、まさに「春は、あけぼの。やうやう白くなりゆく山ぎは、少し明りて」といったところでしょうか。季は三春。さて、いよいよ揚句です。天女さん如何《いか》に。

五月十九日　解酲子

御連衆さま

むらさきの蝶の小さく吹かれけり　美江
韃靼海峡《だつたんかいけふ》こゆる春塵《しゆんじん》　天女

揚句の天女さんのは、昭和初期のモダニズム詩人・安西冬衛の詩集『軍艦茉莉』のなかの代表作、「てふてふが一匹韃靼海峡を渡つて行つた。」に拠ります。こう申せば何の解説も要らないかと思いますけれど、ただ蝶と春塵の微妙な主格の転じが、一巻の掉尾を飾るにふさわしいスケールの大きさを示していると云えましょう。「昭和」はこうして（春に始まり春に終わって）回顧されたのでした。

みなさん、ご苦労様でした。今回は三か月という異例の速さで巻き終えましたが、これは（電子メールとファクシミリという）情報ツールの力に拠るところ大だと考えています。むしろこの遊びを支えるみなさんの情熱に拠るところがさらに大きいのは言うまでもありません。是非またご参集されることを願いまして、非力ながら捌きのまとめとしたいと存じます。

五月二十日　解酲子

御連衆さま

光陰の須臾《しゆゆ》の昭和や花あやめ

解酲子

●著者紹介

倉田　良成（くらた　よしなり）

1953年、神奈川県川崎市生まれ。
1973年、第１回ユリイカ新鋭詩人。
〇著書
詩集「歩行に関する仮説的なノート」1972年／私家版
詩集「ゼノン、あなたは正しい」1995年／味爽社
詩集「海に沿う街」1998年／ミッドナイト・プレス
詩集「新年の木」2003年／私家版
詩集「風について」2004年／私家版
詩集「夕空」2005年／私家版
ほか

飲食エッセイ集「解酲子飲食（かいていしおんじき）」2003年／開扇堂

ささくれた心の滋養に、絵・音・言葉をほんの一滴

平成18(2006)年５月11日　初版第１刷印刷
平成18(2006)年６月２日　初版第１刷発行

著者　倉田良成©

発行者　池田つや子

装幀　笠間書院装幀室

発行所　有限会社　笠間書院
〒101-0064　東京都千代田区猿楽町2-2-5
☎03-3295-1331㈹　FAX03-3294-0996
振替00110-1-56002

ISBN4-305-70327-0
落丁・乱丁本はお取りかえいたします。
出版目録は上記住所までご請求下さい。
http://www.kasamashoin.co.jp

印刷・製本・シナノ印刷
（本文用紙：中性紙使用）